金牌小说

Awarded Novels
长青藤国际大奖小说书系

Gay-Neck: The Story of a Pigeon

彩虹鸽

〔美〕达恩·葛帕·穆克奇 著 十画 译

晨光出版社

Preface
前言

爱和勇气的
动人力量

每个生命的每一次呼吸之中，
都潜藏着无限的勇气。

　　获得一九二八年纽伯瑞儿童文学金奖的《彩虹鸽》，通过一只信鸽的传奇，给我们讲述了一个关于战胜恐惧、凝聚爱和勇气的故事。作者的文笔十分优美，充满色彩和灵性，字里行间流露出对自然和人生的智慧感悟。阅读这本书，不仅是读到了一个精彩动人的故事，也是一次美文欣赏的愉悦经历，更是一次心灵的净化和升华。

　　作为一位从小在鸽城长大的儿童文学作家，穆克奇对鸽子有着深厚的感情，他深刻了解它们的特性，并把它们视为忠实的朋友。不爱生气也不爱怀恨在心，这是鸽子的天性。它们有着惊人的辨别方向的能力，对主人又有着忠诚的爱。这样一种充满灵性的生物，注定会与人类之间产生许多动人的故事。在《彩虹鸽》中，穆克奇结合自己少年时代的真实经历，塑造了一只传奇性的信鸽的形象。这只在整个鸽城中最美丽的鸽子，不仅拥有彩虹般颜色的颈羽，更具备勇敢、善战、坚毅和爱冒险的

个性，无论是在神秘的喜马拉雅山，还是在残酷激烈的战场上，它的经历总是充满惊险和刺激，再加上作者卓越的文笔和跌宕起伏的叙述技巧，整个故事显得十分精彩动人。评论家曾对本书有这样的评价："这个故事让你无法放下，当看到彩虹鸽第一次对抗一只游隼时，你就会被强烈地吸引，迫切地想知道接下来还会发生什么。"

除了彩虹鸽的精彩历险，作者在描述喜马拉雅山的景物方面，笔触之优美和灵性也让人难以企及。他几乎把山林里人类的触角所能敏感察觉到的每一丝气息，都写尽了。寂静幽深、仿佛离我们很遥远的喜马拉雅山，在他的笔下显现出了一种超乎神性的美。

作者对自然的感悟是通透的，对人生的领悟也能给予我们无限的启发和力量。在《彩虹鸽》的故事中，作者想告诉读者的，还有关于如何战胜恐惧和疑虑，拥有一颗平和勇敢的心灵，以保持对生活的信念和勇气。故事的发展过程中，最牵动读者的目光和心情的，是彩虹鸽遭遇的两次低谷。自然和战争的残酷，都让它的内心注满了恐惧，丧失了飞翔的信心。最终，它又在充满爱心的主人和智者的帮助与教诲下，重返蓝天。这其中，真正发挥作用的是爱的力量。正如书中所说："随时想到的是爱，随时感受到爱，那么你的身心自然会流露出平静和力量。"

在作者看来，每个生命的每一次呼吸之中，都潜藏着无限的勇气。带着勇气生活，带着勇气呼吸并给予别人勇气，正是他想努力通过这个卓越的故事传达给读者的，也是他所寄望的。也正因为这些优秀的故事中都有这样的精神贯注，我们才得以一次次地享受阅读，在阅读中不断成长。

目录

第一部
彩虹鸽的旅行

第一章 鸽城里最美的鸽子 ……………… 2

第二章 彩虹鸽的第一次飞翔 …………… 9

第三章 学习识别方向 …………………… 17

第四章 穿越喜马拉雅山 ………………… 23

第五章 追踪彩虹鸽 ……………………… 41

第六章 彩虹鸽失踪了 …………………… 55

第七章 彩虹鸽的旅行 …………………… 59

第八章 和雨燕一路向南 ………………… 68

彩虹鸽
GAY-NECK

第二部

彩虹鸽的传奇

第一章 特别的训练 ················ 82

第二章 王者风范 ················ 90

第三章 无所畏惧 ················ 102

第四章 使命在召唤 ················ 110

第五章 第二次历险 ················ 119

第六章 最艰险的任务 ················ 126

第七章 危险境地 ················ 134

第八章 寻找勇敢的心 ················ 140

第九章 鸽中之王 ················ 150

第一部 彩虹鸽的旅行

一大群一大群的鸽子穿过湛蓝的天空,像一片巨大的云彩。

彩虹鸽
GAY-NECK

第一章

鸽城里最美的鸽子

有件事情让多年前的加尔各答人十分引以为豪——这个拥有一百万人口的城市，却住着至少两百万只鸽子。每三个印度男孩中可能就有一个养着宠物鸽，信鸽、筋斗鸽、扇尾鸽、凸胸鸽等等，一养就是十几只。驯鸽的艺术在印度已经有几千年的历史了，扇尾鸽和凸胸鸽就是这里的驯鸽人培育出来的奇异品种。数个世纪以来，不论是住在大理石宫殿里的王公贵族，还是栖身陋室的穷苦百姓，都对鸽子宠爱有加；不论是富人家的花园、假山、喷泉，还是平民百姓家的小花圃、小果园，到处都有鸽子和它们美妙的乐音作为点缀。这其中，既有羽毛五彩斑斓的彩鸽，也有咕咕哝哝、眼睛像红宝石般明亮的白鸽。

直到现在,在任何一个冬日的清晨,来我们城市游览的异乡人都还能看到这样的风景——数不清的小男孩站在平房屋顶上挥舞着小白旗,向那些在冷风中翱翔的鸽子发出信号。一大群一大群的鸽子穿过湛蓝的天空,就像一片巨大的云彩。这些鸽子先是三三两两的,在自家主人的房顶上盘旋大约二十分钟,然后,它们缓缓高飞,从各个方向聚拢成一大片,渐渐飞离人们的视线。它们是怎么飞回各自的家的呢?这是一个很奇妙的问题。所有的屋顶长得都差不多,唯一的区别就是颜色,有的是玫瑰色,有的是黄色,有的是紫色,有的是白色。

这是因为鸽子拥有惊人的辨识方向的能力,以及对主人忠诚的爱。我还从来没见过比鸽子和大象更加忠诚的生物。我和这两种动物都打过交道,不管是长着长牙、四足行走于乡村的大象,还是长着一双翅膀、在城市里飞翔的鸽子,无论它们游荡得多远,总能凭借其精确无误的直觉回到它们的朋友和兄弟——人类的身边。

我的大象朋友名叫凯瑞,可能以前你就听说过它的故事。我的另一位老朋友是只鸽子,它的名字叫做奇特拉·格瑞瓦。奇特拉的意思是"五彩斑斓",而格瑞瓦的含义则是

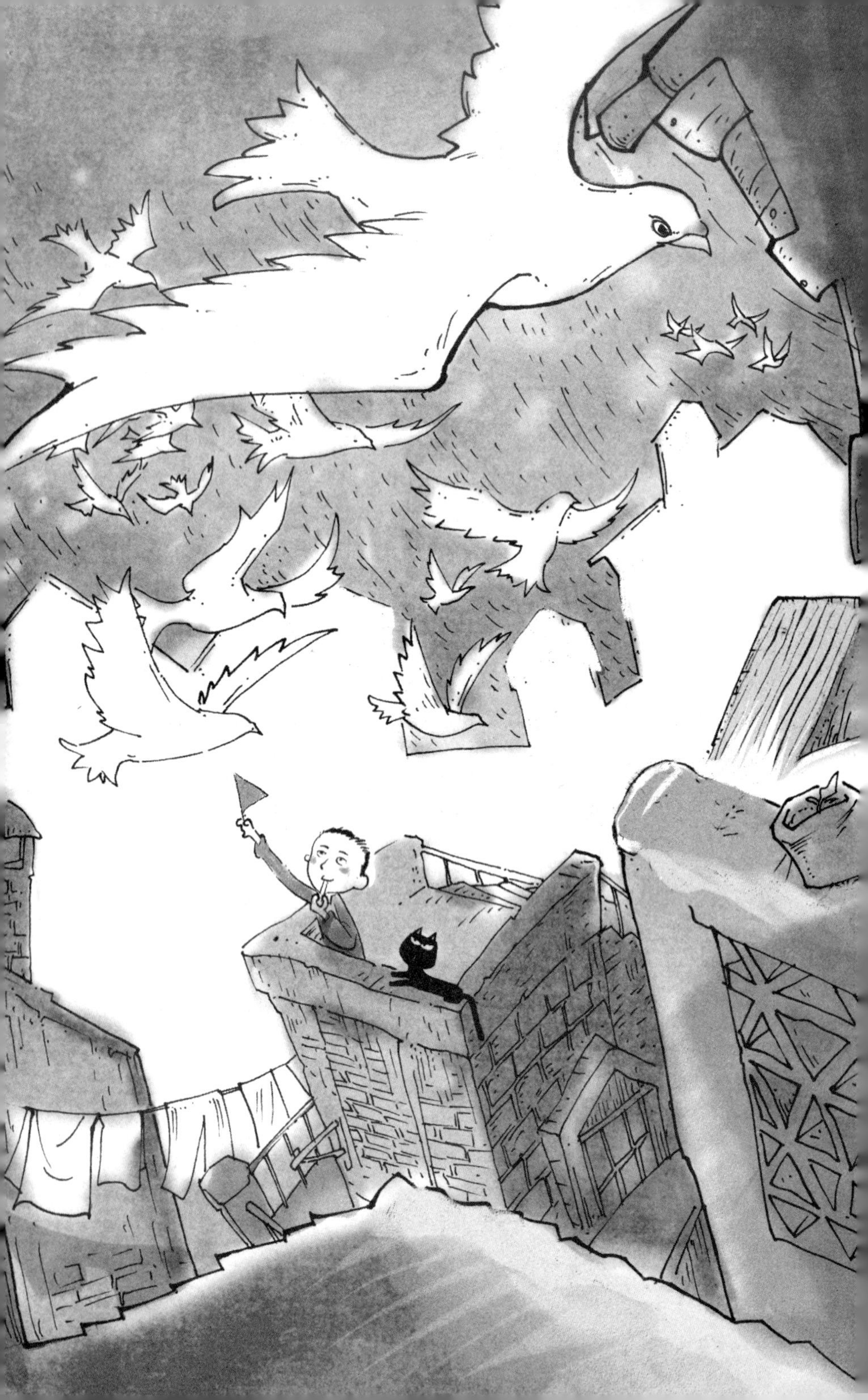

"脖子"——这两个词合在一起，就是花脖鸽的意思。因为这圈彩虹般的颈羽，它也被称为彩虹鸽。

当然啦，彩虹鸽并不是刚生出来就长着一个花脖子，它的羽毛是一天天渐渐长成的。不满三个月，那华丽的领圈是长不成形的。最后，它终于成为了我所在的那个城市里最美丽的鸽子。要知道，我们城里可有四万只鸽子呐！

不过我得从头开始给你讲这个故事，我的意思是得从彩虹鸽的父母说起。它的爸爸是一只筋斗鸽，妈妈则是当时的大美人——一只拥有古老贵族血统的信鸽。后来的事实也证明，彩虹鸽继承了妈妈高贵的血统，不管是在战争年代还是和平年代，它都是一只优秀的信鸽。它承袭了妈妈的智慧、爸爸的勇敢和机敏。在最后的紧要关头它总能使出翻飞腾跃的本事，躲开老鹰的魔爪，掠过敌人的头顶。关于这部分的精彩内容，我会在后面合适的时机细细讲述。

彩虹鸽还在蛋壳里的时候，就遭遇了一次劫难。那一天我永远都不会忘记，全是我的错！我把鸽妈妈生的两颗蛋给打碎了一颗，简直笨到家了。直到现在，我仍追悔莫及，说不定那枚被打碎的鸽子蛋本可以孵出全世界最棒的鸽子呢！事情的经过是这样的：我们住在一幢四层小楼里，楼顶盖的是鸽子房。在鸽妈妈产蛋的几天后，我决定打扫

一下鸽房。那时候，它正好在窝里孵蛋，我把它轻轻托起，放在旁边的房顶上。接着，我小心翼翼地将蛋搬到隔壁的鸽子窝里。可是真不巧，那个窝里没有铺棉花和绒布，只有硬邦邦的木板。我开始清理鸽妈妈孵蛋的窝，把里面的垃圾清扫干净。收拾好以后，我又把一颗蛋搬回原处，再接着去拿第二颗蛋。我轻柔而坚定地拿起那颗蛋，这时，有个东西劈头盖脸地扑向我，就像暴风雨要掀翻房顶一般。原来是鸽爸爸在用翅膀疯狂地拍打我的脸，更糟的是它的爪子抓到了我的鼻子。在疼痛和惊吓中，我手中的蛋一不小心跌落在地上。

　　我一心想要赶走这只袭击我头部和脸的臭家伙，最后它终于飞走了，可是太迟了，那枚小小的蛋已经在我脚下摔成了碎片。这只蠢笨的公鸽，太让我生气了！我对自己也很不满，我应该事先预料到公鸽会袭击我的。它一定是把我当成了一个偷蛋贼，才会傻乎乎地拼命攻击我，以免我抢劫它巢穴里的蛋宝宝。这事儿给你的印象够深刻了吧，所以，在鸽子的繁殖季节，你如果去清扫鸽巢，一定要事先对可能会发生的各种袭击事件有所准备。

　　让我们接着讲这个故事。鸽妈妈懂得什么时候该用嘴巴把蛋壳啄开，把小彩虹鸽带到这个世界上来。虽然有三分之一的时间是鸽爸爸在孵蛋,它从早上孵到傍晚,可是它并不明白什么时候宝宝该出壳。只有鸽妈妈才能准确地判断出那神圣一刻的到来。我们至今也无法明白鸽妈妈是怎么做到的。难道是蛋壳里的小家伙会向它发出特殊的无线电波,告诉它蛋里面的蛋黄和蛋清已经变成了小鸽子?除了这个,鸽妈妈还有一项很神奇的本领——它会选择最恰当的位置来啄破蛋壳,不让即将出壳的小家伙受一点伤。对我而言,这简直是一个奇迹。

彩虹鸽的出生正如我上面所描述的那样。到第二十天的时候,我发现鸽妈妈不再趴在蛋上了,不仅如此,它还不许鸽爸爸干同样的事情。每次鸽爸爸从屋顶上飞下来,鸽妈妈都会用嘴啄它,把它赶开。弄得鸽爸爸不满地尖叫,好像在说:"你干吗要把我赶走?"

而鸽妈妈,则使劲啄着鸽爸爸,好像在说:"快走开,别打扰我干正事。"鸽爸爸只好乖乖走开。

这事让我很担心,我可盼着蛋赶紧孵出来呢,鸽妈妈的行为让我疑惑不解。好奇心促使我靠近鸽巢,认真观察。一个小时过去了,一点动静都没有。又过了四十五分钟,鸽妈妈把头转向一边,专注地聆听着某种声音——大概是蛋里面发出的声响。鸽妈妈一个激灵,那小小的身体震颤

不息，连我都感觉到它似乎做出了一个重大的决定。它抬起头，选准目标，三两下就啄开了蛋壳。一个小家伙出现在我们面前，一个长着尖嘴巴，全身发抖的小东西！再瞧瞧鸽妈妈，它有点惊讶，这就是它期盼了那么长时间的宝宝吗？噢，这个柔弱无助的小家伙！鸽妈妈马上将它拥入怀中，用胸前柔软的蓝羽毛紧紧地捂好。

第二章

彩虹鸽的第一次飞翔

在鸟类世界里，有两个让人倍感温馨的场面：一个是鸟妈妈啄开蛋壳，将新生命带到世界的那一瞬，另一个就是它们哺育雏鸟的动人场面。

彩虹鸽得到了父母最深情的抚育，就像人类的孩子备受父母呵护一样。如同食物一样，父母给予的温暖和快乐也是孩子生活的必需品。在这个时期，鸽巢里不适合塞太多的棉花和绒布，里面的东西越少越好，这样才可以避免鸽巢温度过高。很多养鸽人并没有意识到，随着小鸽子越长越大，它自身会散发出越来越高的热量。在此期间也不要频繁地打扫鸽巢，要尽量维持鸽子夫妇对房间的布置，

要知道，它们所做的一切都是为了让宝宝过得更舒适、更愉快。

我至今记忆犹新，从鸽宝宝出生后的第二天开始，每当它的父母飞回家时，它都会像只风箱一样张大嘴巴，鼓起身子要食吃。这时候，鸽爸爸和鸽妈妈就会把嘴巴伸进孩子的喉咙，将一种乳状物喂进去。这种鸽乳是由它们吞食的谷粒消解转化而成的。我发现喂进孩子嘴巴的食物已经被磨得又软又烂。即使鸽宝宝已经满月，也没有哪对父母会将未经加工过的谷粒喂给它吃，鸽爸爸和鸽妈妈总是先把食物进行软化，然后再喂入宝宝娇嫩的肠胃中。

我们的彩虹鸽是个大胃王。它的父母分工明确，一个忙着给它找食物，另一个则负责看护它。鸽爸爸在照顾孩子这件事上，可没比鸽妈妈少费力气，所以小家伙越长越肥也就不足为怪了。小彩虹鸽的身体渐渐从肉粉色变成了黄白色，这是它的羽毛就要长出的第一个信号。不久，小家伙的身上长出了许多尖尖的白羽毛，圆溜溜硬邦邦，就像豪猪身上的刺。它的嘴巴和眼睛周围的黄斑也开始褪去。渐渐地，它的喙也长出来了，又硬又尖又长。多么有力的下颌啊！在彩虹鸽大约三个星期大的时候，一只蚂蚁从它面前爬过，想进入鸽巢，而它正好蹲在入口处，便毫不迟疑地朝蚂蚁啄了过去，把小蚂蚁啄成了两半。接着它低下鼻子，观察着自己干的好事。毫无疑问，它是将这只黑蚂蚁当成了一颗谷粒，才无意间制造了这起"惨案"。我猜它一定对这件事心存愧疚，不管怎样，它后来再没伤害过任何一只蚂蚁。

彩虹鸽长到五个星期大时，就能够跳出鸽巢，到离巢不远的盘子边喝水了。尽管它每天都在努力地想要自食其力，但它还得继续依赖父母的照顾和喂养。它会蹲在我的手腕上，啄食我掌中的谷粒，这时，它会玩起杂技演员抛球的把戏，让谷粒在喉咙里转上两三次才吞下肚。每次它都会转过头看着我的眼睛，好像在说："我干得漂亮吗？等我爸妈从房顶上晒太阳回来的时候，你一定得告诉他们我有多聪明。"可事实上，彩虹鸽在我养的鸽子里面，是成长最缓慢的一只了。

以前我不明白鸽子怎么能在沙尘暴天气中飞行而不迷路，后来通过观察渐渐长大的彩虹鸽，我有所领悟。有一天，我突然发现彩虹鸽的眼睛里蒙上了一层薄膜，还以为它失明了。我慌了，于是伸出手想把它抓过来好好查看一下，可我的姿势还没摆好呢，这家伙就张开了它金色的眼眸，退到了鸽巢深处。但我仍旧抓住了它，把它带到了房顶。

在五月灼人的阳光下,我仔细地查看它的眼睑。哦,我明白了,它的眼睛里有一层像纸一样薄的膜,这层膜紧紧地贴在眼睑上,每当我把它的脸对着太阳的时候,这层薄膜就会从眼睑上垂下来。正是在这层薄膜的保护下,鸽子才能在沙尘暴天气中飞行,也才能直视阳光。

两个星期以后,彩虹鸽开始学习飞行。万事开头难,再说它才出生不久。人类的孩子再喜欢水,在学习游泳的时候也一样得呛几口水,得犯不少错才能学会。我的小鸽子也一样,开始的时候,它有点不相信自己,不敢张开翅膀。它整小时整小时地坐在房顶上,风呼呼地吹过来,却丝毫不能将这个小家伙推向天空,让它张开翅膀飞翔。为了让你身临其境,我得向你描述一下我家的屋顶:为安全起见,屋顶上面都修筑了坚硬的水泥围栏,差不多有一个十四岁男孩那么高。即使在夏天,有人在房顶上梦游,这防护栏也足以保护他不会跌下来——我们夏天一般都睡在房顶上。

每天我都把彩虹鸽放在防护栏上,它就迎着风蹲在上面,一个小时又一个小时,一直那样。有一天,我在房顶上撒了些花生,召唤它跳下来吃。它疑惑地盯了我好一会儿,然后把眼光从我身上挪开,低头看着下面的花生米。最后,当它确定我不会把这些可口的食物送到它嘴边的时候,便

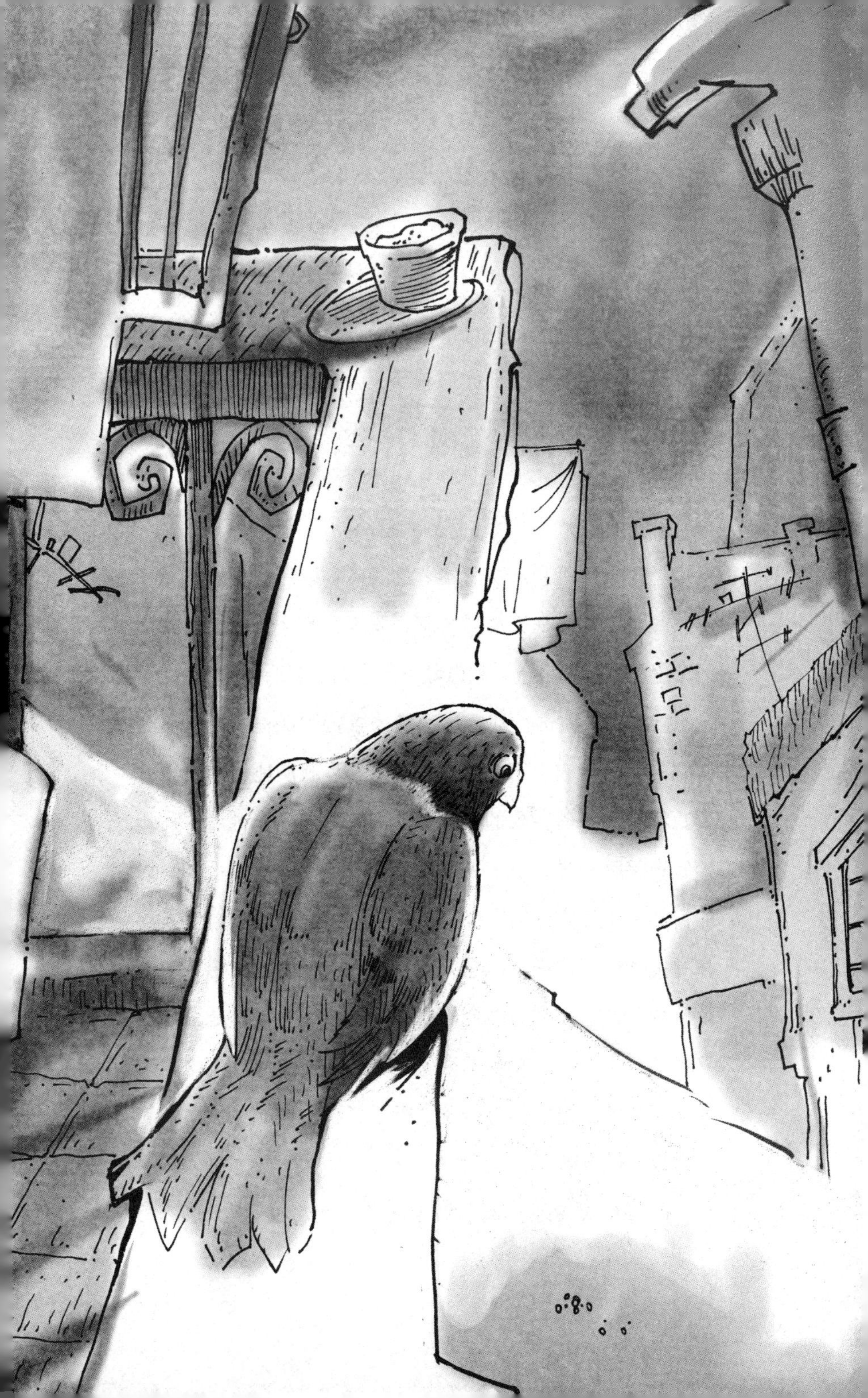

开始在防护栏上踱来踱去，不时伸长脖子看着那些离它不到一米远的花生米。经过十五分钟艰难的心理斗争，它跳了下来。就在双脚落地的一刹那，为了保持平衡，它那紧紧并拢的双翅终于像帆一样鼓了起来。这是多么了不起的一次胜利呀！

也就是在那时，我注意到彩虹鸽的毛色也在悄然改变，不再是原来那种灰不灰蓝不蓝的颜色，取而代之的是光滑的碧绿色。在某一天清晨的阳光照耀之下，它的脖子突然闪耀出彩虹般的颜色，就像戴上了一串七彩的珍珠。

接下来，该进行飞行这一最为重要的课程了。我在等待它的父母给它上第一课，同时也在尽我所能帮助它。每天我都会让它落在我的手腕上，等它待上几分钟后，我开始像扇翅膀一样，上上下下地无数次摆动自己的手臂。我的目的在于让它练习平衡力，为了站稳它必须不停地张开和并拢翅膀。这样做对它大有益处，可是我能教给它的也就仅限于此了。你可能会问我干吗这么着急，那是因为在飞行课程上，它的起步本来就晚，再加上进入六月雨季就要来了，就不可能进行长途飞行了，我希望能尽快地训练它学会辨识方向。

在五月底的某一天，鸽爸爸终于开始履行它的职责。

前些日子一直刮着的北风和清冷的天气突然结束了，天空清澈得如同透明的蓝宝石，就连远处的房顶、田野和凉亭都清晰可见，似乎全都是为了迎接这特别的一天的到来。大约下午三点，彩虹鸽蹲在护栏上晒太阳。正在天空中飞翔的鸽爸爸落下来，停在彩虹鸽身边。它奇怪地瞧了儿子一眼，好像在说："你这个懒骨头，都快三个月大了，还不敢飞，你到底是只鸽子还是条蚯蚓？"自尊心很强的彩虹鸽一言不发，鸽爸爸被惹恼了，咕噜噜咕噜噜地叫起来，用鸽子特有的语言训斥着彩虹鸽。彩虹鸽才不爱听爸爸絮絮叨叨地说个不停呢，它从爸爸身边挪开了。鸽爸爸紧随其后跟了过去，继续咕噜噜咕噜噜地叫着，拍打着翅膀。

彩虹鸽一次又一次地从爸爸身边挪开，不过鸽爸爸才不会放弃呢，它加强了攻势，追着小家伙继续喋喋不休。最后，鸽爸爸把彩虹鸽逼到了护栏边缘，只给它留下一个选择，那就是飞离房顶。突然，鸽爸爸用尽全力把彩虹鸽推了下去。然而还没掉下去十五厘米的时候，彩虹鸽的翅膀展开了，它飞起来啦！这是多么激动人心的时刻！鸽妈妈本来在楼下的水池里进行午间梳洗，一看到这情形，立刻从楼梯上飞了上来，陪在儿子身边。它们在屋顶上空盘旋了至少十分钟才降落下来。鸽妈妈轻轻松松地收起翅膀，

平稳地降落到地面。它的儿子就惨了——彩虹鸽惊慌失措，像一个走进了冰冷的深水区的男孩，全身都在发抖，爪子小心翼翼地抠住地面，扑腾着翅膀往前滑行。当胸口马上就要撞到墙壁的时候，它终于停住了，就像我们收起扇子一样，彩虹鸽刷地收起了翅膀。它激动地喘息着，鸽妈妈抚摸着它，将它拥入怀中，仿佛它还是那个渴望父母保护的小宝宝。鸽爸爸看到自己的任务圆满完成，便心满意足地下楼洗澡去了。

第三章

学习识别方向

　　如同每一位刚刚学成的潜水员一样，彩虹鸽飞起来之后首先需要克服的，就是俯冲下去的恐惧感。它渐渐开始尝试更高和更远的飞行，一个星期以后，它已经能在空中平稳飞行差不多半小时。当它降落在房顶的鸽巢中时，动作也变得和父母一样优雅，再没出现紧张抓地和胡乱扑腾翅膀的情形了。

　　最初的几次飞行中，彩虹鸽的父母总是陪伴在它左右，现在，它们会渐渐地把它落在身后，或者飞翔在它的上空。刚开始，我以为它们是想促使它飞得更高一些，因为彩虹鸽也在试图达到父母飞行的高度。也许它的父母是在为它

树立更好的榜样。可是后来，在六月的一天，发生了一件重要的事情，改变了我的想法。

那天彩虹鸽飞得很高，朝上望去它的身子只有平时的一半大，它的父母盘旋于它的上空，看上去只有人的拳头般大小。鸽爸爸和鸽妈妈就像旋转木马那样有规律地不停盘旋着。它们这是干什么呢？真是无聊啊。我把视线从它们身上转移开来，毕竟，牢牢地盯着天空看久了会让眼睛很不舒服。就在我的眼光要收回的时候，一团黑影猛地朝我的鸽子冲了过来，那影子迅速地变得越来越大。我不知道这是什么鸟，能够飞得这么笔直和迅猛。在印度，鸟儿这个词是复杂的梵语，意为"飞曲线的"。

这个家伙像箭一样笔直地飞来，很快我的疑惑就消除了——那是一只意图攻击小彩虹鸽的游隼。奇迹很快就要在我眼前上演：为了下降到小彩虹鸽的位置，鸽爸爸有规律地往下翻飞，而鸽妈妈也屈身向下飞，形成了一条迅速下降的曲线。此时，可怕的游隼已经离浑然不觉的彩虹鸽不到十米之遥了。不过，它的父母已经在它的两翼做好了戒备。

紧接着，三只鸽子选准方向，急速下降，从敌人的魔爪中突围了。可是游隼并未因此放弃，它蓄势待发准备第二次攻击。突然，三只鸽子俯冲下来，这次行动再次挫败了游隼。游隼由于用力过猛，反倒将自己弹出了老远，现在它离三只鸽子的距离越来越远了。鸽子们继续螺旋式下降，再过一会儿它们就能到达屋顶的家了。游隼改变了策略，奋力向高处飞去。事实上，它飞得越高，鸽子们就越无法听到它的翅膀在风中发出的呼啸声。它高高盘旋于鸽子的上空，将自己隐蔽在鸽子的视线之外。鸽子们放松了警惕，你看，它们的飞行速度明显比开始时慢了。说时迟那时快，我看到高处的那个家伙突然收起翅膀，它准备下降了，那个瞬间，游隼就像大石头一样垂直坠落去攻击鸽子。我的心沉了下去，我把手指放进嘴里，冲鸽子们吹响了尖利的口哨，发出警报。鸽子们如同离弦的箭一样俯冲下来，游隼紧咬在它们身后。时间一分一秒地过去，游隼逼近了它们。它下坠的速度越来越快，和猎物之间的距离只相差五六米远了。毫无疑问，小彩虹鸽正是它锁定的目标，游隼那可怕的魔爪已经清晰可见。这些傻瓜怎么还不反抗呢？我又气又急地想。游隼离小家伙已经那么近了，它们还能那样不动声色。但就在那时，它们突然开始盘旋上升。游隼仍旧紧咬不放。接着鸽子们在水平方向沿着一个硕大的椭圆形轨迹飞了起来。如果鸟类以圆圈形式飞行的话，它们要么是想靠近圆心，要么是想远离圆心。游隼没了主意，

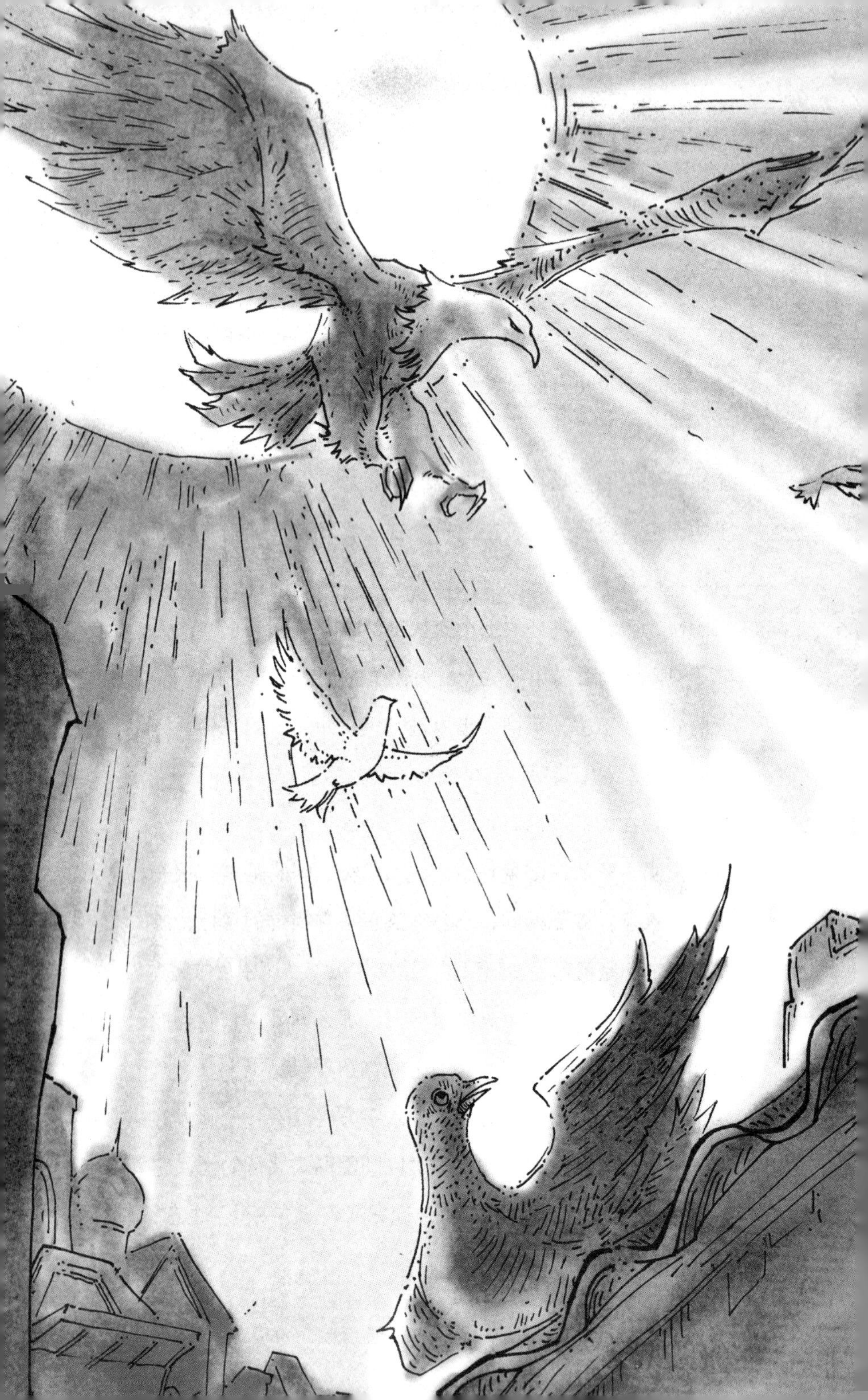

于是朝圆心飞去，在鸽子们形成的大圆圈里绕着小圈飞。没等游隼转身，三只鸽子再次俯冲，眼看就要贴近房顶了，可是那个坏家伙可没这么容易死心。它紧跟着它们，仿佛一道黑色的闪电。而它的猎物们划过一条优美的曲线，稳稳地降落在房顶上。它们安全了，我张开双臂迎接它们归来。

那一刻，我听到了风中传来尖利的啸叫，游隼在离我三十厘米高的空中落败而归，眼中燃烧着烈火，爪子像毒蛇的信子一般不停颤抖。当它从我身边掠过，我可以听到它的翅膀在风中发出的呼啸声。

这次惊险的事情过后，我开始训练彩虹鸽的方向感。有一天，我把三只鸽子装在鸽笼里，来到城市的东边。上午九点钟的时候，我将它们放飞空中，它们安全地飞回了家。第二天我又把它们带到城西放飞，与前一天是同样的距离。一个星期以后，我在半径二十五公里以内放飞它们，它们都能安全返回。

这世上的事不可能都一帆风顺，彩虹鸽的训练工作也遇到了阻碍。有一次，我带着它们，坐船在恒河上航行。我们是在早上六点左右出发的，天空中飘浮着零零散散的云，和煦的南风拂面而来。我们的船上载满了雪白的大米，上面堆着橘红色和金黄色的芒果，把小船装饰得好像夕阳

映照下的雪山。

我应该事先预料到水上的天气会风云突变，艳阳高照也会突然变成暴风骤雨。可我那时毕竟还是个小孩儿，对于六月古怪多变的天气知之甚少。

我们刚航行了三十多公里远，第一片雨云就涌了出来，疾风撕碎了我们的一片船帆。刻不容缓，我迅速打开鸽笼放飞了鸽子。在狂风的阻力下，它们俯身低飞，差点落入水中。它们贴着水面飞行了大约十五分钟，在暴风中举步维艰。但它们非常执著。又过了十分钟，我看到它们稳住身形朝着陆地的方向飞去。就在它们到达河左岸那片村庄的时候，天空被黑暗笼罩，下起了倾盆大雨。除了空中掠过的闪电跳起死亡之舞，周围一片漆黑，伸手不见五指。我还能不能找回我的鸽子？我感到希望渺茫。我们的船差点就沉了，老天保佑，后来我们的船搁浅在了村子边的河滩上。第二天早晨，当我坐火车回到家的时候，鸽子们已经回来了，可惜只剩下了两只。鸽爸爸在暴风雨中遇难了，这全都怪我！接下来的许多天里，我们全家都沉浸在悲伤之中。每当雨停的时候，我和两只鸽子都会习惯性地跑到屋顶，在天空中搜寻鸽爸爸的身影。我们多么希望它能再次出现啊，可惜它再也不会回来了。

第四章

穿越喜马拉雅山

由于平原上阴雨不断，酷暑难耐，我父母决定带着我们前往喜马拉雅山脉。打开印度地图，你可以看到在最北边有个名叫大吉岭的小镇，就在它对面，高高地耸立着世界最高峰——珠穆朗玛峰。经过几天的跋涉，我们一家人和两只鸽子乘坐着大篷车从大吉岭到达了丹特姆村。这个村庄的海拔高达三千米。这样的高度，如果换成美洲的山脉或是阿尔卑斯山脉的话，山顶上一定会有积雪。可是在印度这样典型的热带气候之下，喜马拉雅山上根本没有积雪。它位于北纬三十度，海拔三千米之下根本不可能存有积雪。在山脉的丘陵地带，生活着许多野生动物。不过只

要过了九月,这里就会变得十分寒冷,到那时,生活在这里的居民和动物都会向南迁徙。

让我带你浏览一下这里的迷人景色吧:从我们的石头泥巴房子俯瞰下去,是一片种满茶树的小山谷。远处,群山雄伟陡峭,山脊之间散布着稻田、玉米地和果园。更远处,是覆盖着常绿植物的悬崖峭壁,上面耸立着数千米高的皑皑雪山——干城章嘉峰、马卡鲁峰和珠穆朗玛峰。曙光乍现的时候,群山白茫茫一片,可是随着太阳渐渐升高,天空渐渐变得明亮,一座接一座的山峰就会随之凸显出各自清晰的轮廓。雪峰直插云霄,于是阳光将山峰染红,就像送给群山的红色祝福。

一般来说,喜马拉雅山最适宜的观景时间是早晨,因为其他时间它始终被云霭笼罩着。这些山峰还没有被人类征服和践踏,在印度人的心中无比圣洁,被尊奉为神性的永恒象征。在他们心目中,像珠穆朗玛峰这样的高山代表着最崇高的存在——神灵。神灵的神秘感也在这些高山上体现无遗,如上所言,除了早晨,山峰整日都被云雾笼罩。来印度的外国游客以为随时都能欣赏到雪山的身影,不过现实并没有让他们抱怨,因为只要有幸一瞥清晨的喜马拉雅山,那壮美的景色足以让他们发出由衷的感叹:"雪山啊,你是如此圣洁，我怎敢无时无刻凝视你的容颜，只需要一眼，你的魅力就足以倾倒众生。"

一到七月，雨季也跟着来临，这时，就没有机会天天欣赏到珠穆朗玛峰的清晨美景了。所有的山峰都会陷入暴风雪的统治之中。尽管山间狂风呼啸，雪花飘舞，有时却能清晰地看见被坚冰覆盖的山尖，就像喷发白色火焰的火炬。山峰在阳光下熠熠发光，而山脚处却漫天飞雪，如同一群狂徒在他们敬畏的神灵面前踉跄狂舞。

避暑期间，我的朋友雷加和老师老冈得来我家拜访。雷加十六岁，已经是一位婆罗门祭司，而老冈得是讲授丛林知识的老师，之所以称呼他"老"，是因为没有人知道他确切的年龄。我和雷加共同拜老冈得为师，老冈得可是一个很了不得的猎手，正是在他的指引下，我们才得以游历丛林，了解动物们的隐秘世界。我在以前出版的书里就介绍过雷加和冈得，这里就不重复叙述了。

在丹特姆村安顿好之后，我就开始训练鸽子们的方向感。只要天气晴朗，我们总会在上午上山，朝隐藏在冬青树和香脂树丛之中的更高的山峰进发。遇到庙宇或者贵族的宅院时，我们会从那些屋子的房顶上放飞鸽子。傍晚时分，当我们返回住处时，彩虹鸽母子早已在家等候。

彩虹鸽
GAY-NECK

　　整个七月,晴朗的日子加起来不超过六天。但由于有见多识广的老冈得作为向导,再加上雷加相助,在短短时间内我们就做了远途旅行。我们拜访了不同阶层的山民,并借住在他们的家中。这些山民的相貌酷似中国人,他们举止优雅,大方好客。当然,我们可没忘记带上鸽子,虽然有时会把它们关在笼子里,但多数时候都是揣在袍子里的。我们常常被雨水淋湿,但彩虹鸽母子在我们的悉心照料下,可没被日晒雨淋。

　　到了七月底,我们几乎走遍了锡金族的每一座寺院和贵族城堡。途中,我们经过了一个叫做新加里拉的地方,那里有个漂亮的小寺院。然后我们前往法鲁特和几个无名地区,最后到达了鹰的故乡。光秃秃的花岗岩峭壁环绕在我们周围,岩壁四周长满了冷杉和低矮的松树。在我们的北边,矗立着干城章嘉峰和珠穆朗玛峰。在一处悬崖边上,我们放飞了两只鸽子。在令人心旷神怡的风中,它们就像放学回家的孩子一般,欢快地飞上天空。鸽妈妈遥遥领先,飞得很高,好让小彩虹鸽瞧瞧妈妈能飞多高,技艺有多么超群。

　　目送着两只鸽子飞远,我们三个人聊了起来,想象它们飞到那么高的地方,会看到什么样的风景。毫无疑问,干城章嘉群山的双峰一定会首先映入它们的眼帘，尽管这两座山峰没有珠穆朗玛峰那么高，可是它们一样纯洁无瑕、庄严神圣，都是没被人类践踏过的圣地。此情此景让我们无限感慨。远山如镜，我凝视许久。

我给你讲了这么多，可不是单纯为了描绘山有多高，我的重点在于给你讲述我们的历险。彩虹鸽母子已经离开了我们的视线，于是我们三人不再凝望天空，决定动身前往临近的山崖，去寻找老鹰的巢穴。喜马拉雅鹰的羽毛是棕色的，又透着浅浅的金色。它们的身体是力与美完美结合的典范，这些外表看上去如此漂亮的动物，却是凶狠的食肉猛禽。

不过，这天下午我们并没有碰见凶猛的成年老鹰，相反，我们在鹰巢里发现了两只毛茸茸的小雏鹰。它们可真迷人，就像初生的婴儿一般。南风对着它们的眼睛直吹，不过它们并不在意。迎风筑巢是喜马拉雅鹰的本能，而其中的缘由却并不为人所知。但很显然，老鹰喜欢这托起它们飞翔的风，喜欢临风独立。

两个小家伙差不多三个星期大，因为它们身上的絮状胎羽已经褪去，开始长出真正的羽毛。在这个年纪的雏鹰，爪子看上去已经足够锋利，喙也长得又硬又尖。

老鹰的巢穴是露天的,而且很大。在鹰巢的入口处,也就是老鹰着陆的平台,大约有两米宽,非常干净。不过巢内可不是这样,里面又黑又窄,好似一个乱糟糟的垃圾场,到处都是树枝和猎物的皮毛,还有雏鹰吃剩下的动物残骸——成年老鹰一般会连毛带肉把猎物整个儿吞下肚。

尽管悬崖周围只长了一些低矮的松树,不过依旧听得到婉转的鸟鸣,还有从冷杉树上发出的奇怪的虫鸣。宝石一样熠熠发光的昆虫在紫罗兰花丛中扇动着双翅,硕大的杜鹃花怒放如同银盘,不时传来野猫午睡时发出的梦呓……

老冈得突然让我们赶快躲进几米外的灌木丛里去。我们刚刚藏好,周围的喧嚣声就忽然平息下来。一分钟以后,昆虫停止了嗡嗡叫,小鸟不再歌唱,就连大树也寂静无声,仿佛在静候什么东西出现。这时,空中传来细细的嗖嗖声,过了一会儿,这声音的调子变得低沉,接着传来了古怪的尖叫声,只见一只巨大的鸟朝着鹰巢降落下去,风声在它翅膀下呼啸。根据它的身形,老冈得判断出那正是两只雏鹰的妈妈。

鹰妈妈在空中盘旋,一直等到雏鹰退回巢中。它的爪子紧紧抓着被剥了皮的猎物,似乎是一只大兔子。它缓缓降落，将猎物丢在平台上。我们可以看到它的双翼将近有两米宽。它收起了翅膀，就像人将报纸叠好一样。看到孩子们走来，它赶紧蜷起利爪，生怕划伤孩子娇嫩的身体。它摇摇摆摆地走过去，像个瘸子一样。两个小家伙跑过来，躲进了妈妈半张开的翅膀里面。不过它们现在最需要的可不是爱抚，而是解决肚子饿的问题。鹰妈妈懂得孩子们的心思，带着孩子们奔向食物。它撕扯下几片兔子肉，剔掉骨头，雏鹰们便狼吞虎咽地将肉吞下了肚。这时，山崖下的昆虫和鸟儿又恢复了鸣叫。我们也从藏身之处站起来，准备返回住的地方。我和雷加求了老冈得好一会儿，他总算答应了，等到雏鹰长大的时候再带我们来这里。

　　一个月后，我们果真回来了，而且还带来了彩虹鸽母子。我希望小彩虹鸽在第二次飞行中牢牢地记住每个村庄、每座庙宇、每个湖泊和每条河流；认识各种动物和飞鸟，比如鹤、鹦鹉、喜马拉雅苍鹭、野鹅、潜鸟、鹞鹰和雨燕。这次，我们爬到了鹰巢上方大约一百米的地方。此时，秋天的手指轻触杜鹃花，让它们的花瓣开始凋零，长长的花茎在风中沙沙作响。许多树的叶子开始变黄，空气中弥漫着秋天的忧伤。

　　上午十一点钟左右，我们打开笼子，鸽子立刻飞向

蓝宝石一般的天空，这天空仿佛是挂在白色雪峰上的一片帆。

两只鸽子飞了大约半小时后，一只雄隼出现在它们上空。它靠近了两只鸽子，接着俯冲向它们。幸好，它的猎物非常小心，安然无恙地躲开了它的第一次攻击。彩虹鸽和鸽妈妈迅速朝着树林飞去，就在此时，雄隼的另一个同伙对它们发起了攻击。这只雌隼像它的丈夫那样，朝两只鸽子扑了过去，不过还是没能得逞。雄隼看到雌隼失了手，便朝它发出尖利的叫声。雌隼在空中停住，等待时机。两只鸽子以为已经脱离危险，快速地扇动翅膀，往南边飞去。不料两只游隼紧紧尾随，从东西两翼夹击它们。两只游隼一次次鼓动着翅膀，步步逼近自己的猎物。它们的翅膀如同屠夫的利斧，暴风雨般劈开天空。一、二、三，它们像矛一样朝着猎物刺过去。彩虹鸽的妈妈突然停止了飞翔，只是悬停在空中。这个动作让游隼愣住了，现在该怎么办？朝哪只鸽子扑过去好呢？就在游隼迟疑不定的当口，彩虹鸽抓住机会调转方向，迅速朝高空飞去。鸽妈妈也采取同样的策略，可惜它已错失最佳的逃跑时机。游隼朝它猛扑过去，鸽妈妈惊慌失措，生怕游隼追捕自己的孩子。为了保护小彩虹鸽，它竟朝两只游隼径直飞了过去，在我看来，

这纯属多此一举。顷刻之间,两只游隼同时击中了鸽妈妈,掉落的羽毛满天飞!这一幕吓坏了彩虹鸽,为了保护自己,它只好落到最近的悬崖边上。鸽妈妈的错误决策导致自己失去了宝贵的生命,也让它的孩子陷入了重重危机之中。

彩虹鸽
GAY-NECK

　　我们三人赶紧出发去彩虹鸽栖身的山崖搜寻，这可不是件容易的事。喜马拉雅山是个处处暗藏危机的危险地带，巨蟒不知道什么时候就会出现在你面前，令人生畏的老虎也常常出没。尽管如此，我的朋友雷加仍然坚持去寻找彩虹鸽，老冈得赞同他的决定，他说这样也正好可以增长我们的见识。

　　沿着之前所在的山崖往下走，我们进入了一个狭窄的峡谷地带。谷底散落着一些骨头，这些讯息告诉我们，头一晚肯定有猛兽在这里享用过晚餐。不过我们一点也不怕，因为有老冈得在前面领路，他可是孟加拉装备最精良的猎手啊。接着，我们开始了艰难的跋涉。山间的岩缝长满了湿滑的青苔和紫色的兰花，冷杉和香脂树的香味扑鼻而来，不时还能看到依旧绽放的杜鹃花。山崖上空气清冷，前路漫漫。下午两点之后,我们每人匆匆吃过一把风干的豆子(用水泡软)，接着很快就找到了彩虹鸽的藏身之处。这时出人意料的事情发生了——我们在那片岩壁上发现了一个鹰巢和两只雏鹰，正是我们上次拜访过的那对小家伙，现在已经长大了，羽翼初丰。它们正蹲在巢穴前的平台上，而彩虹鸽则蜷缩在远处的一个角落里，真让我们大吃一惊。刚一靠近，雏鹰就冲上来啄我们。雷加走在最前头，手离它们最近,大拇指被雏鹰狠狠地啄了一下,皮肤顿时开了口,鲜血冒了出来。这两只雏鹰正好处在我们和彩虹鸽之间,眼下唯一的办法就是爬到更高的崖壁上,才有机会救回彩虹鸽。离开鹰巢还没有六米远,老冈得就示意我们赶紧躲起来,这情形和我们第一次来这里时几乎一模一样。

我们迅速躲到了一棵松树下,这时,空中传来轻微的呼啸声,母鹰回来了。伴随着一阵尖利的叫声,母鹰回到了巢中。当母鹰的尾羽掠过我们藏身的松树,从我头顶飞过时,那迅速沉寂的呼啸声令我全身战栗,又惊又喜。

我得重申一下这个事实:常常有人以为老鹰会将巢穴筑在杳无人烟、与世隔绝的悬崖峭壁之上,我得说,这种想法是完全错误的。老鹰是如此凶猛的一种飞禽,在选择巢穴的时候,才不需要小心谨慎呢。即便是一时疏忽,它也担当得起后果。老鹰身形庞大,而这就决定了它在选择巢穴时首先得考虑有足够大的空间,以便张开和收起宽阔的双翅,而这样的地方注定不难攀登。此外,老鹰根本没什么筑巢的特殊本领,它不过是在山崖边上选择一块底部凹进去的现成的平地,这等于说,筑巢工作大自然已经帮它完成了三分之二。接下来的工作当然还得老鹰自己完成,那就是衔树枝、铺树叶和堆干草,搭成一张简陋的床,以

便在上面产卵和孵蛋。

以上这些细节都是我们辛辛苦苦地趴在树下，远远地观察鹰巢而搜集来的。毫无疑问，两只小雏鹰和它们的妈妈都是我们的老朋友了，小雏鹰已经长得和妈妈一样大了。不过，尽管它们已经长大，鹰妈妈依旧习惯性地收起利爪，以免误伤了自己的孩子。等它确认孩子们要奔过来迎接它时，才张开爪子，紧紧扣住脚下的岩石，稳稳站好。事实上，两只小鹰已经不适合再被称为雏鹰了，它们早已羽翼丰满。不过，此刻它们还是钻进妈妈温暖的大翅膀底下依偎了一会。很快，两只小鹰就跑出来想找东西吃，相比母爱，它们更需要食物。哎呀，这次妈妈怎么什么也没带回来！孩子们只好转身离开妈妈，迎风卧在巢穴门口，继续等待。

老冈得朝我们打了个手势，我们三人起身继续往上攀登。一个小时以后，我们像壁虎一样悄无声息地爬到了鹰巢的上方。一股尸骨腐烂的恶臭朝我们袭来。原来，虽然老鹰被称为鸟中之王，可是它的窝却远远不及鸽子的那么干净整洁。所以，两者比较起来，我肯定更喜欢鸽子的巢穴。

我们终于够得着彩虹鸽了，试着把它放进鸽笼。彩虹鸽看到我们很高兴，可是却不愿意进鸽笼。眼看天色已晚，我赶忙抓出一把小扁豆喂给它吃。等到它吃到一半的时候，我趁着它埋头专心吃东西，便伸出手去想把它抓住，不料这却吓坏了彩虹鸽，它一扇翅膀飞走了。这可不妙，上面的声响惊动了母鹰，它从巢中探出头来，嘴巴颤动着，翅膀半开着，一副蓄势待发的样子。顿时，丛林中的躁动声停住了，周围一片寂静，母鹰起飞了。我暗想，彩虹鸽这下完蛋了。果然，一个巨大的阴影猛地冲向了彩虹鸽，我以为老鹰已经发起了攻击。然而，母鹰只是在彩虹鸽的上方停留了片刻便飞远了。彩虹鸽被眼前的庞然大物吓坏了，它惊慌失措，歪歪扭扭地飞走了，瞬间就不见了踪影。

我以为我就此失去彩虹鸽了，可是老冈得却坚持说，过不了一两天我们肯定能找回彩虹鸽，于是我们决定留在原地，等它归来。

夜幕悄然降临，我们来到一棵松树下寻求庇护。第二天早晨，老冈得就预言小雏鹰要第一次试飞了，他说："成年老鹰从来不教孩子学习飞行，它们知道什么时候孩子做好了准备，到那时，鹰父母就会永远地离开雏鹰，让它们独自生活。"

果然，一整天过去了，雏鹰的父母都没有归巢。夜晚来临的时候，孩子们完全放弃了等待。看来妈妈不会再回来了，它们沮丧地退回巢中。那真是一个难忘的夜晚，我

们的住处很高，不用担心会有四足的肉食动物来攻击。老虎和豹子只在山脚活动，倒不是它们害怕登高，而是因为它们的猎物在山下栖息——动物活动的规律就是跟着食物走。在山谷和茂密的丛林中，生长着丰足的水草和鲜嫩的枝叶，这些都是羚羊、野鹿、水牛和野猪不可缺少的食物。它们的天敌也追随着它们，伺机捕食。因此，高山上猛兽不多，只有飞鸟、野猫、蟒蛇和雪豹在那里生活。就连牦牛也只是三三两两，偶尔走上高处。当然，有时你也能撞见一两只山羊，不过，这里不可能出现大型动物，我们的夜晚相对来说比较平静。

可是，快天亮的时候，我们被刺骨的寒气冻得瑟瑟发抖。我是不可能再睡得着了，于是坐起身，将毯子紧紧裹在身上，警觉地四处张望。周围一片寂静，仿佛一面绷紧的鼓，你若是对着它轻轻呼吸，都能让它发出声音。我被四面八方涌过来的、令人难以忍受的寂静包围着。远处时不时传来噼啪的爆裂声，像是野猫从树上跃下，柔软的脚掌踩在秋天的落叶上面发出的声音。声音渐渐隐没，就像往上涌的海潮中投进了一颗小石子一般。渐渐地，星星一颗接一颗地沉下去了，山野显得更加神秘。这时，鹰巢里传出窸窸窣窣的声音，好似舞动长矛时的风声。毫无疑问，这是天亮的信号。窸窣声再次从鹰巢内传来,那是小鹰在梳理翅膀上的羽毛,这就像我们人类醒来后伸懒腰一样。很快沙沙的响声传过来,一定是小鹰走到巢前的平台上来了。一会儿,又传来一些噪声,几只鹳鸟从头顶掠过,一群像鹤一样的鸟排成行在空中飞行。一头牦牛的吼声撕碎了寂静,仿佛是它用自己的角戳破了鼓面一样。伴着鸟儿们呼朋唤友的啼鸣,干城章嘉峰上的第一道曙光出现了。接着,伴随着一道乳白色的巨大光晕,马卡鲁峰探出了头。四周矮一些的山脉如勃朗峰也渐渐披上乳白色的衣裳,山上的石头和大树的轮廓清晰可见,沾满露珠的兰花在晨光中摇曳。太阳像一只雄狮跃上天空的肩膀,皑皑雪峰顿时被红色的火焰点燃。

老冈得和雷加其实早就醒了,这时,他们站起身来。作为一名受过良好训练的祭司,雷加面朝太阳,用梵语唱起了给太阳神的颂歌:

噢,太阳,你是东方寂静里绽放的花蕾,
你从远古走来,不受尘世烦扰。
请继续前行,沿着这条神秘之路,洁净之路,
抵达神祇的金色宝座,

面对他的沉默,面对他的慈悲,

唱出我们的祝福。

这歌声把两只小鹰吓了一跳,它们还不适应人类的声音。趁它们还没发火,我们赶紧结束了祈祷仪式,藏进低矮的松树下面。没吃上早餐的两只小鹰走出巢穴,朝着天空四处观望,搜寻父母的踪迹。两只小鹰的下方,有一群群的鹦鹉和松鸡飞过,在小鹰们看来,这些家伙小得就跟蜂鸟一样。南飞的大雁昨晚在此休息,消除了长途跋涉的疲乏之后,此时正缓缓飞过雪山,很快便飞远了,渐渐变成甲壳虫一样的小黑点,消失在天际。

好几个小时过去了,小鹰们还是没见着父母的影子,它们饥饿难耐,焦躁不安。我们听到巢内传来了争斗的声音,而且越来越激烈,最后,其中一只小鹰气恼地走出来,向山崖高处爬去。它越爬越高,可就是不知道用翅膀飞。此时已快到正午,我们吃过午饭后依旧没看到成年老鹰们回来。我们推断,留在巢里的那只鹰是姐姐,因为它看起来比另一只鹰的个头要小。它迎着风,卧在巢边,凝视着远方,变得越来越沮丧。也许你会觉得奇怪,在我见过的鹰里面,所有的喜马拉雅鹰从出生那天起,到会飞之前,总是迎风而卧,就像一个学当水手的小孩,在他正式出海之前,总要坐在海边,久久凝视大海一样。大约在下午两点,巢内的小鹰终于等得不耐烦了,决定去找弟弟。那个家伙正蹲在山崖的高处,同样也迎着风。一看到姐姐上来找它,小家伙的眼睛一亮,高兴极了,似乎是觉得不用再孤单单地站在那里,也不用发愁独自去寻找食物了。我从没见过成年老鹰教自己的孩子学习飞行,因此这些小家伙若不是饿坏了,是不会主动张开翅膀的。成年老鹰非常了解这一点,所以,在孩子长大后,它们就会选择适当的时间离巢远去。

姐姐好不容易爬到了弟弟身边,可是山崖顶上的空间有限,根本容不下两只鹰落脚。它们简直就没办法保持平衡,姐姐差点将弟弟撞下山崖。弟弟赶紧展开自己的翅膀,风将它托了起来,它伸出爪子想要降落。可是太迟了,它离地面至少还有半米。小鹰被迫拍打着翅膀,往高处飞去。它的尾羽低垂着,像船舵一样控制着方向,一会儿斜着飞,一会儿朝东飞,一会儿朝南飞,一会儿又朝东飞。它就在我们的头顶飞来飞去,双翅发出呼呼的风声。刹那间,周围又陷入了一种肃穆的寂静之中。昆虫停止鸣叫,兔子藏进洞中,树叶也一动不动,侧耳倾听着新的空中之王振翅的声音,目送它展翅高飞。它必须往更高处飞去,只有那样,它才能

发现猎物。有时，老鹰在离地面五百多米到九百多米的高度飞翔时，一眼就能发现在地面蹦蹦跳跳的野兔。那时它会收拢双翅，像闪电般呼啸着俯冲，光凭那可怕的呼啸声就能把兔子吓得呆若木鸡，听任着那迅雷般的敌人坠落，将利爪刺进自己的胸膛。

眼看弟弟飞了起来，鹰姐姐也不甘落后，它也张开了翅膀，让风将它托上天空。它浮在半空，用尾羽调整着方向，不断向弟弟靠近。几分钟后，两只鹰消失在天际。我们也该走了，得去寻找彩虹鸽了。也许，彩虹鸽已经飞回了丹特姆，可我们还是要竭尽全力，搜索彩虹鸽过去飞行中用以辨别方向的那些标志物——每一座庙宇和城堡。

第五章

追踪彩虹鸽

我们爬下山崖,进入荒凉的峡谷,刹那之间,便好似进入了一个漆黑的世界。尽管此时才下午三点左右,高山的阴影却将这一带变得十分昏暗。峡谷里冷森森的,我们不由得加快了步伐。走下山三百多米后,我们才稍微感觉到了暖气回升,可是夜晚将至,气温很快又会下降,我们得赶紧去找个庙宇借宿。不久,我们来到这种特殊的旅馆,里面的喇嘛和僧人热情好客。不过他们都不爱说话,除了吃饭和领路,他们几乎不与我们搭讪。整个晚上,这些喇嘛僧人都在闭目打坐。

我们被安排住在三间小石屋里,是在岩石上雕琢而出

的房子。石屋前面，有一片绿色的草坪。借着随身携带的灯笼的光亮，我们发现屋内只有稻草铺成的床。不过还好，夜晚对我们来说并不漫长，因为实在是太疲倦了，我们倒头便睡，就像枕在母亲怀里睡着的婴儿。

凌晨四点，一阵脚步声惊醒了我，我从床上跳起来，循着声音走去，看到了很多亮光。下坡、上坡，我沿着石阶一直追，光亮带着我来到了寺庙的主殿，这是一个三面透风，顶上悬着一块巨石的大洞穴。洞内站着八个喇嘛，他们轻轻地放下手中的灯笼，盘起双腿，凝神打坐。昏暗的灯光映在他们褐色的面庞和蓝色的僧袍上，显得如此平静安详。

直到今天，当我早晨醒来时，还总会想起喜马拉雅山上的僧侣，想起他们永远那样与世无争。

天已大亮，我发现自己正坐在大山的裂缝之间，在我们脚下，就是光秃秃的陡峭悬崖。银铃的鸣声在晨光中轻柔地响起，一声又一声，银色的铃和金色的铃，一个接着一个，共同奏响了甜蜜的乐曲。这是僧侣们在朝着第一缕晨光致敬。太阳初升，仿佛吹响了胜利的号角，光明战胜了黑暗，生命战胜了死亡。

下来后，我碰见了雷加和冈得，他们正在吃早餐。这时一位陪侍左右的僧人对我说："你的鸽子来过这儿。"他向我描述了彩虹鸽的模样，甚至说对了它的鼻瘤的大小和颜色。

冈得问道："你怎么知道我们在找一只鸽子？"

这个长着一张扁脸的僧人，连眼皮都不抬一下，轻描淡写地答道："我能看懂你们的心思。"

雷加急切地问道："你是怎么看懂的？"

僧人回答："如果你对生活观察得足够细致多为他人着想，你就能读懂别人的心思。你的鸽子来到这里后，我们喂过它食物，也安抚过它，驱除了它心中的恐惧。"

"驱除恐惧？我的天哪！"我不由得惊呼。

僧人淡定地回答道："是的，你的鸽子刚来时，被吓坏了。我将它捧在手里，抚摸它的脑袋，安慰它不要害怕。昨天上午我放它走了，现在什么也危害不到它了。"

"请问长老，你为什么会这么说呢？"冈得很有礼貌地问道。

这位虔诚的僧人回答："作为一名顶级猎手，你一定明白这个道理。任何动物或人，如果能不被敌人吓倒，它就能免受攻击和杀戮。我就曾见过无所畏惧的野兔逃脱猎犬和狐狸的追捕。恐惧会蒙蔽人的心智，麻痹人的神经，凡

是被敌人吓倒的人必然会招来杀身之祸。"

"可我还是不明白,亲爱的长老,你是如何让鸽子走出恐惧的阴影的呢?"

僧人是这样回答雷加的:"如果你能无所畏惧,抛除杂念,睡着以后也不被噩梦侵扰,那么数月以后,任何经你触碰过的东西也会变得勇敢无畏。现在,什么也吓不倒你们的鸽子了,因为我抚摸过它,而我这二十年来,不管是思考、做事还是在睡梦中,都早已无所惧怕。你们的鸽子安然无恙了,以后也不会再受到任何伤害。"

彩虹鸽安然无恙。这冷静而又坚定的话从他的口中说出,让我深信不疑。事不宜迟,我得马上出发去找它。于是我们跟这些虔诚的僧人告别,继续南行。我坚信这位僧人是对的。

我们加快速度下山前往丹特姆。沿途的风景越来越熟悉,气温也越来越高,不再看得到杜鹃花。高山上那将树叶染成红色、金色、樱桃色和古铜色的秋意还没有蔓延到这里,樱桃树上仍旧挂满果实,树上长着厚厚的青苔,上面落满了随风飘散的兰花花粉。盛开的兰花足有人的手掌那么大,颜色有紫红和深红色。在日光的照射下,许多白色的曼陀罗花渗出了水珠。越往下走,树木越发显得高大、阴森。竹子像尖塔一样直指云霄，浓密的爬行植物像巨蟒一样缠满我们经过的小路。聒噪的蝉声让人心烦意乱，树林里的松鸡也叽叽喳喳叫个不停。不时飞出一群发出绿宝石光芒的鹦鹉，它们朝着太阳的方向飞翔，瞬间消失了踪影。昆虫的数量越来越多，长着黑天鹅绒般翅膀的大蝴蝶在花丛中飞舞。数不清的小鸟在捕食嗡嗡的蚊蝇。我们被蚊虫叮咬得疼痛难忍，不时还得给过路的蛇让路。

　　要不是靠着冈得那双训练有素的眼睛，我们就是有十条命也早被蛇或者水牛玩完了。冈得知道哪条路上有动物出没，有时，他会将耳朵贴在地上，屏气凝神地倾听。几分钟后，他会告诉我们："对面有一群水牛正往这儿来，我们还是等它们先过去再行动。"不一会儿，我们果真听到尖利的牛蹄踩在灌木丛上的嚓嚓声，就像一把把大镰刀一下接一下地朝我们脚下割过来。不过这并没有吓倒我们。用半小时的时间吃完午餐之后，我们继续前行。终于我们到达了锡金的边境。不大的山谷里，成熟的红黍、绿色的橙子、金黄的香蕉与山坡上盛开的金盏花、紫罗兰相映成趣。

　　就在那时，出现了一幕令我永生难忘的奇异景观。在我们脚下狭窄的大篷车道上，滚滚热浪在空气中震颤，反射出彩虹一样的光芒。我们还没走几步，只见仿佛是听到

雷声一般，一大群喜马拉雅野鸡被惊起，它们扑腾着翅膀飞进灌木丛，色彩斑斓的羽毛在热空气的作用下绚烂如孔雀开屏。我们继续前进，没过几分钟，又惊起了一群土褐色的野鸡。我疑惑地请教老冈得。

老冈得回答道："幸运的孩子，你难道没看出来有辆装满稻谷的大篷车刚从这儿经过吗？车上肯定有个口袋破了个洞，稻谷从洞里漏了出来，落在地上，接着就引来了这些鸟儿在路上啄食稻谷。而我们的到来吓着了它们，所以它们就飞走了。"

"可是，智慧的长者啊，为什么雄鸟们看起来如此华丽，而雌鸟却灰不溜秋的？"我又问冈得。

冈得这样向我解释："传说大地母亲曾经赐予鸟儿们能迷惑天敌的保护色，可是你看看那些雄性的野鸡，它们的色彩过于绚丽了，即便是个盲人也能看到并杀死它们。"

雷加叫了起来："啊，盲人也看得到吗？"

冈得答道："你小小年纪想得还挺细致，盲人当然看不到。真正的原因在于野鸡都住在树上，只有天特别热的时候，才会到地上来。我们这儿天气酷热，离地面五厘米的地方温度就像火烧，滚滚的热浪映射出上千种不同的颜色，而野鸡的颜色正与此相似。所以我们走在路上时，根本看不到野鸡，它们全都藏在五彩斑斓的热浪里，刚才我们就差点踩到它们呢。"

"这下我可明白了。"雷加恭敬地回答道，"可是为什么雌性野鸡看起来灰不溜秋的，而且还不跟雄鸡出双入对一起飞呢？"

冈得毫不迟疑地回答说："每当有敌人靠近它们，惊吓到它们的时候，雄鸡总会先飞起来迎接敌人的子弹。倒不是它们有骑士风度，而是因为雌鸡翅膀不如雄鸡的灵活。除此以外，雌鸡的羽毛和地面颜色相似，所以它可以张开翅膀保护小雏鸡。它趴在地面上，完全和环境融为一体，靠着保护色就能躲避敌人。等敌人走开去找中弹身亡的雄鸡时，雌鸡就会带着宝宝一头钻进旁边的灌木丛中……接近岁末的时候，即便鸡宝宝们已经长大，离开了母亲，鸡妈妈也会跌跌撞撞地从树上扑到地面，趴在那里做出保护孩子的动作。牺牲自己已经成为雌鸡的一个习惯，不管身边有没有小宝宝，它们都会下意识地张开翅膀。我们刚才过来时看到的正是这一幕，当鸡妈妈突然发现身边并没有孩子需要保护，而我们又步步逼近时，它们还是飞走了。这些笨拙的飞行家啊！"

临近黄昏的时候，我们来到一个锡金贵族的家里歇脚，

他的儿子和我们是朋友。在那儿我们找到了彩虹鸽的更多踪迹。彩虹鸽曾经多次光顾这个庭院,所以不久前它路过这个熟悉的地方时,便进来吃了谷粒、喝了水,还洗了一个澡。彩虹鸽梳理翅膀上的羽毛时,掉下了两小根,我的朋友觉得颜色很漂亮,就把羽毛保存了下来。一见到彩虹鸽的羽毛,我欣喜若狂,那一晚,我睡得最沉稳最踏实。我睡得这么香,还有另一个原因——老冈得叮嘱我们一定要好好休息,因为第二天晚上我们会在丛林里过夜。

第二天晚上,当我坐在丛林深处高高的树枝上时,我是如此怀念我们的锡金朋友那舒适的家。

想象一下吧,当你跋涉了一整天以后,还得来到危险的丛林深处,不得不在一棵巨大的菩提树上过夜,会是怎样的一种心情!我们花了差不多半小时才找到这棵适合栖身的大树,因为菩提树一般不生长在海拔过高的地方。我们也不能爬到树干过细的大树上过夜,万一有大象朝我们发起攻击,倒退着冲过来的话,苗条的树是经不起这种撞击的。皮糙肉厚的动物往往会用自己的身体来撞击、摧毁大树。我们想找的树必须得高大粗壮,有大象的长鼻子够不到的树枝,即便是两只大象夹击也推不倒的那种。

最后,我们终于找到了这棵中意的大树。雷加站在冈得的肩膀上，我站在雷加肩膀上，总算够到了一根有人的腰杆那么粗的树枝。我先爬上去坐好，然后放下绳梯。外出到丛林探险时，我们总是随身带着这种绳梯以备急用，现在它就正好派上了用场。接着，雷加爬了上来，坐在我边上。最后，老冈得也爬上树枝，坐到我俩中间。我们低头看下去，冈得刚才站的地方变得一片漆黑，就像煤矿的矿窑里一样；有两个间隔很近的绿色光点在黑夜里发光，这种光我们再熟悉不过了。老冈得开朗地笑着说："我再迟两分钟的话，就被这浑身长着条纹的大家伙给吞下肚了。"

眼看猎物逃脱，老虎发出了雷鸣般的嚎叫，像是在恶狠狠地咒骂。刹那间，周围一片寂静，所有动物都不敢再发出一点声响。可怕的沉寂四处蔓延，沉入地下，仿佛连树根都被它紧紧抓住了。

为了确保安全，老冈得将柔软的绳梯缠绕在腰间，又依次绕在我和雷加身上，并将绳子剩下的一截紧紧绑在树上。我们分别试验了绳梯的承重能力，以防睡着了之后从树上掉下去。人在睡着以后，全身都处于松弛状态，一不小心，就会像石头一样往下坠落。把大家都绑牢以后，老冈得还伸出他的胳膊给我们当枕头用。

一切准备就绪，我们屏住呼吸，观察着树下的动静。

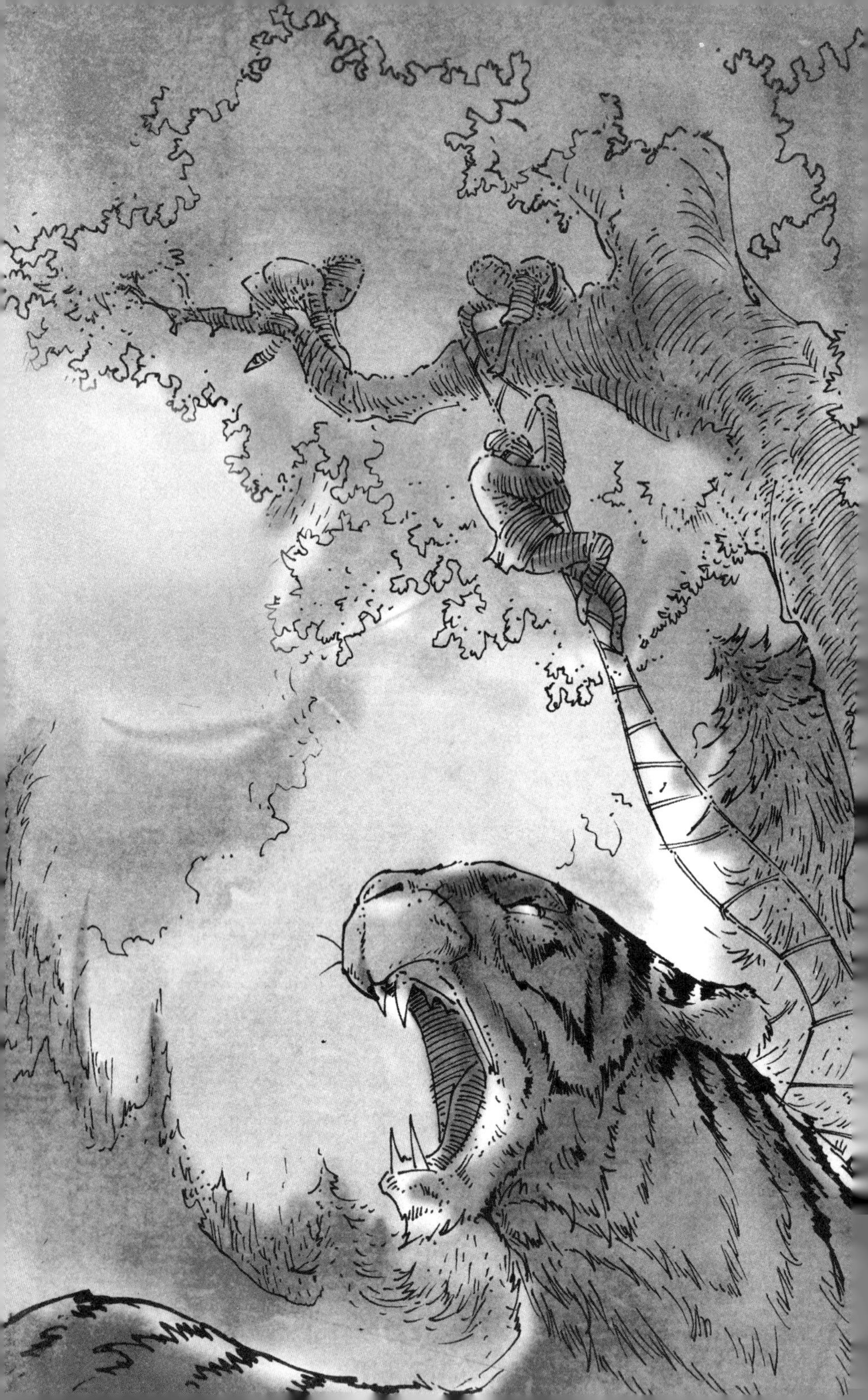

老虎已经走远了，昆虫又开始了鸣唱，远处不时有巨大的身影从树上跃下，脚掌发出轻轻的嘭嘭声。那是花豹和黑豹，白天它们会在树上待一整天，到了晚上就跳下来捕猎。

等豹子们一走开，青蛙呱呱叫起来，昆虫的嗡嗡声此起彼伏，猫头鹰也不时发出叫声。噪声四起，仿佛钻石绽开了数不清的晶面。这些声音在耳边不停聒噪，就像阳光刺进毫无防备的眼睛里一样。一头野猪经过，所到之处植物都被噼里啪啦地折断。没过多久，青蛙的叫声戛然而止，地面丛生的野草和灌木先是像干草垛一样竖立起来，突然又呼地倒下。那种细微的声响听起来非常可怕，仿佛海浪卷起的浪花，一步一步，慢慢逼近树下……等它终于爬过去，我们长吁了一口气。那是一条巨蟒，它要往水塘边爬去。我们紧紧地贴在大树上，大气都不敢出一口，因为老冈得担心喘气的声音会暴露我们的行踪，若被蟒蛇发现那可就糟了。

几分钟以后，我们听到了一两声小树枝折断的声音，听起来就像是有人在打响指。原来是一只野鹿，它的角被藤蔓给缠住了，它正猛力撕扯着，想要挣脱。野鹿挣扎的声音慢慢消失后，丛林又笼罩在一种紧张的气氛中，各种声音也渐渐平息下去。刚才我们听到的十几种声音陡然变

成了三种：昆虫滴溜溜的鸣叫、野鹿短促的哀鸣和头顶呼呼的风声。毫无疑问，水塘边的巨蟒已经成功地猎杀了野鹿。接着，大象群来了。近五十头大象就在我们的树下嬉戏，母象的长啸、公象的呼噜声和小象们跑来跑去的声音响成一片。

接下来还发生了什么我就不记得了。我好困啊，迷迷糊糊地睡着了，仿佛听见自己在用鸟语和彩虹鸽对话。半梦半醒之间，我感到有人在使劲摇晃我。我猛然惊醒，听见老冈得在我耳边悄声喊道："快醒醒！赶紧把头从我手臂上挪开，有情况！有个笨家伙掉队了，这下丛林可要遭殃了。我们待的地方不够高，大象够得着。如果它伸长鼻子，肯定能闻到我们的味道。野象对人类又恨又怕，一旦它闻见气味，这一整天肯定都会守在这儿不走了，非得找着我们才会罢休。在敌人发起进攻之前，小伙子们，打起十二分的精神来！"

冈得对大象的判断一点儿没错，迎着黎明的微光，我看到树下有个小山一样巨大的身影在走来走去。它在大树间窜来窜去，把秋风尚未刮落的树枝折断了不少。这个好吃鬼贪婪地享用着深秋里难得的美味食物。大约半小时后，这家伙耍起了怪把戏：它直立着身体，前腿趴在粗壮的树干上,长鼻子摆来摆去,活像一头古代的猛犸象。野象尽力地伸长鼻子,都快要碰到树尖儿了,一下子就拧断了尖上最鲜嫩的大树枝。吃完那棵树上的嫩树枝以后,它又走到我们身旁的一棵树跟前,直立起身子又玩了一遍。接着,它发现了一棵瘦弱的大树,便用鼻子将树卷弯,前脚踩在树干上,重重的身子压在上面,那可怜的大树就这样被拦腰斩断。风卷残云一般,大象把树上的嫩叶吃得一干二净。这个莽撞的家伙啊,树上的小鸟和猴子被它吓得四处乱窜。这时,野象站在那棵被它压断的树上,把长鼻子伸到了我们栖身的大树上,而且正好就碰到了我们藏身的那根树枝。还没等我们反应过来,野象就尖叫起来,缩回了长鼻子,因为所有的动物都畏惧人类的气味。它哼哼唧唧地咕噜了几声之后,又把长鼻子探了进来,鼻孔差点就碰到了冈得的脸。冈得冲着野象的鼻孔打了一个喷嚏,可怜的大家伙吓坏了,以为被人类给偷袭了。于是,它像个被吓破了胆的恶魔一样尖声吼叫着,冲进了灌木丛,撞得一路草木横飞,满地狼藉。一群群鹦鹉被惊起,像绿色的风帆一样飞上了天空;猴子尖叫着,从这棵树跳到那棵树上;野猪和野鹿四处奔逃。整个丛林充满了喧闹和骚动。我们只好坐在树上静观其变,等了好一会儿,才敢从树上下来,重新踏上

归途。

  当天晚上我们安全返回了目的地,全靠运气——我们在山上遇到了一辆大篷车,就搭着它回到了丹特姆。我们三个都快累死了,不过在看到卧在鸽巢里的彩虹鸽的那一刻,又顿时忘记了疲倦。噢,真是太高兴了!那天晚上睡觉之前,我不由得想起那位淡定从容的僧人的话:"你们的鸽子会安然无恙。"

第六章

彩虹鸽失踪了

我们回来的第二天,一大早彩虹鸽就又飞走了,接连几天都没回来。焦急地等了它四天以后,我实在无法忍受,于是又和冈得出发去寻找彩虹鸽。它到底是生是死,我总得弄清楚才行。这次我们雇了两匹矮种马,骑马前往锡金。经过每个村庄,我们都向当地村民打听彩虹鸽的行踪,以便确定路线。大多数村民都表示见过彩虹鸽,其中一些人还对彩虹鸽进行了精确的描述。一位猎人在一个喇嘛庙的屋檐下见过彩虹鸽,说它把巢正好筑在一只燕子的巢旁边。还有一位锡金的僧侣,说在他们当地的寺庙里见过彩虹鸽,那座寺庙位于河边,河岸上有野鸭在那里筑巢栖息。第二

天下午，在我们经过的最后一个村庄，有人说见过彩虹鸽和一群燕子在一起。

在这些精确描述的指引下，第三天晚上，我们到达了锡金最高的高原，在那儿露营。我们早已人倦马乏，可是刚睡下一个小时，一种莫名的紧张气氛攫住我的心，使我惊醒过来。借着篝火和天上的弯月，我看到两匹马僵直身子站在那儿，它们的耳朵紧张地竖着，尾巴也不摇一下，正专注地听着周围的动静。我也不由得凝神倾听。毫无疑问，夜晚的寂静不是真的安静无声。安静就是空空荡荡的，没有任何声响，可是降临在我们周围的这种寂静让人觉得意味深长，仿佛一位披着月色的神正悄悄走近，只要我伸出手去，就能触摸到他的衣裳。

这时，马动了动耳朵，好像在捕捉寂静的回声。神已走远，紧张的气氛被一种奇怪的轻松感代替，我仿佛能感觉到小草最轻微的颤动，可是那种感觉转瞬即逝。两匹马把头转向了北方，那边传来的声音使人神经紧绷。我也听到了，好像是熟睡的孩子在打呵欠。接着又是一片寂静。过了一会儿，传来一声长长的叹息声，声音越来越低，仿佛一片厚厚的绿叶缓缓沉入平静的水面。地平线处传来了低语声。一分钟以后，马儿们竖起的耳朵终于耷拉下来，尾巴也开始摇来摇去，我也随之放松下来。看哪，成千上万只野鹅正从高空中飞来，它们至少在一千二百米的高度飞行，尽管如此，两匹马也在我之前早早地听到了它们的声音。

野鹅的出现预示着黎明将至，我坐起身，凝望着天空，看着星星一颗接一颗沉入天际。马儿们开始吃草，我放松缰绳。危险的黑夜已经过去，没有必要再把它们紧紧拴在篝火旁边了。

十分钟以后，旷野笼罩在黎明的静寂中，两匹马抬起头，警觉地听着什么。它们想抓住什么声音？没等多久，离我们不远的一棵树上有鸟儿开始抖动羽毛，这个动作就像波浪一样传递到一只又一只的小鸟身上。其中一只开始唱起歌来，那是一只歌雀，它的歌声唤醒了沉睡的世界，其他的鸟儿也加入了这个庞大的合唱队伍。此刻，原本模糊的物体轮廓和颜色迅速变得清晰起来，热带地区短暂的黎明时刻很快就会过去，老冈得也开始起身忙碌。

不知不觉，我们就已经漫步到了新加里拉，巧的是，我们正好来到了以前说起过的那个寺庙。那里的喇嘛们非常乐于告诉我们关于彩虹鸽的消息，他们说前一天下午彩虹鸽和一大群在屋檐下筑巢的燕子刚刚飞往南方。

带着喇嘛们的祝福，我们告别了这些好客的僧侣，再次踏上了寻找彩虹鸽的旅程。群山像是被点燃的红色火炬，我们回头最后凝望了它们一眼。而秋天的美景已经呈现在我们面前：金黄、深紫、碧绿和樱桃红各种颜色交织在一起，将群林尽染出美丽的秋色。

第七章

彩虹鸽的旅行

在前一章,关于我们到了哪些地方,发生了什么事情,我已经做了粗略的描述。这次寻找彩虹鸽的旅程长达十天,其实,在第一天,冈得就已经发现了彩虹鸽的确切行踪。不过,如果你想完整而详尽地了解彩虹鸽一路发生的故事,还是让它自己来讲比较好。如果我们借助想象的语法书和幻想的字典的话,要理解彩虹鸽的语言也并非难事。

十月的那天午间,我们在大吉岭坐上返回加尔各答的火车,彩虹鸽窝在鸽笼里,开始向我们讲述它从丹特姆到新加里拉,然后又返回所发生的故事。

我的主人啊,你会使用那么多种语言,又听得懂鸟兽

的语言,请你听我讲一讲自己的故事吧。如果我讲得磕磕巴巴、不着边际,请你原谅,但让我这只可怜的鸽子把故事讲完。

正如河流的源头在高山,我的故事也从高山开始。

在鹰巢旁边,我亲眼目睹、亲耳听到了邪恶的老鹰用利爪将我的妈妈撕成碎片。那情景让我痛不欲生,可我不愿意死在鹰的魔爪之下。如果我注定要成为别人口中的美餐,那也得是空中之王才行。于是我来到了鹰巢附近的岩石上。两只小鹰并没有伤害我的意思,它们也沉浸在悲痛之中,它们的爸爸刚刚落入猎人的陷阱而惨死,妈妈也离巢去捕捉野鸡和兔子了。那时候,小鹰们只吃过父母捕猎的食物,不敢来袭击我,也不敢吃下活生生的我。后来我还见过许多老鹰,但是它们都没有伤害过我,我也不知道是什么原因。

没多久,你们来了,想把我抓进鸽笼,可是我那时一点也不想和人类待在一起,所以就冒险飞走了。不过我记得沿途的路线,也记得那些认识你的朋友,他们给予了我照顾,我一路南飞,顺利地到了丹特姆。在那两天时间里——我的整个飞行过程只有两天——有只羽毛刚刚长全的雏鹰想偷袭我,结果被我狠狠地教训了一顿。那天早上,我正

第一部 彩虹鸽的旅行

在锡金的山林上空飞翔,突然,高处传来了尖利的啸叫声,我知道那意味着什么。于是我要了点花样,突然刹车,停在半空,让那只俯冲的老鹰习惯性地往下冲去,扑了个空,翅膀也被树枝给擦伤了。我趁机向高处疾飞,不过它追上了我,我只得在空中绕圈飞行。我越飞越高,高得连呼吸都困难了,又只好向低空飞去。

我刚一降落,老鹰就恶狠狠地尖叫着朝我扑来。得亏我反应快,学爸爸的样子来了一个空翻——这可是我平生第一个空翻啊。我成功地连翻两个筋斗后,像喷泉一样射上了天空。老鹰再次扑空,但随后又追了上来,不过我可没给它可乘之机。我突然调头飞向老鹰。当我从它身边飞过时,老鹰猛然下降,接着又上升,差点就要抓住我了。我又翻了一个筋斗,朝它狠狠撞去,它一下子就失去了平衡。这时不知道什么原因,突然间出现了一股巨大的吸力,将我往下拉,朝着地面拉去。我的翅膀用不上一点力,像那只鹰一样坠落,重重下沉,把老鹰砸得不轻。我猜它一定是被砸昏了。我们一起坠落,掉进了树林里。我暗自高兴,因为我落在一棵冬青树的枝丫上。

那股拖拽我的引力来自于气流,这是我第一次遭遇气流,在以后的生活中,我还将不断地和气流相遇。我一直

弄不明白一个问题：在有些树和溪流的上方，空气会变得非常寒冷并且形成气流，而这种气流会将飞鸟吸到地面。我经常被旋转的气流卷上卷下，不得不学习如何在气流中飞翔。不过我并不恨它们，毕竟我第一次遭遇的气流就救了我的命。

我待在冬青树上，肚子饿得咕咕叫，于是决定动身回家。这次就幸运多了，没有卑鄙的老鹰再来阻挡我离弦之箭一般的归乡之途。

这次成功的逃生经历让我找回了信心。但一回到家，我就对自己说："现在，既然我的朋友已经看到我安然无恙，不会再担心什么了，我得踏上新的旅程，我要再次飞往猎鹰出没的天空，来考验我的勇气。"

我的冒险的旅程这才真正地开始了。我往北方的鹰巢飞去，中途在一个喇嘛庙里稍作停留，那儿的一位僧人曾经为我做过祈祷。在寺庙里，我再次拜访了我的老朋友——燕子夫妇。之后我继续往北飞，经过了新加里拉，最终抵达了山崖上的鹰巢。两只小鹰已经飞走了，我就在那儿舒舒服服地住下了。不过我有点不高兴，因为老鹰在它们的窝里留下了许多垃圾，我担心上面沾满了寄生虫。白天我住在鹰巢里，到了晚上我就搬到树上去住，那儿没有那么多讨厌的小虫子。几天以后，由于我不断地在鹰巢里出入，我的威信在其他鸟儿中间大大增加。它们都有点怕我，也许是把我也当成了某种鹰隼。就连真正的老鹰也和我保持着很远的距离。这一切都令我充满了信心，而那正是我所需要的。一天早晨，我看到一对白色的飞鸟往南方飞去，它们飞得很高，我加入了它们的队伍。它们一点儿也没排斥我。这是一群南迁的野鹅，正飞往锡金以南的地区，去那里寻找温暖的大海。

野鹅们飞行了两小时以后，眼看天气渐渐变暖，就朝着一条湍急的河流降落。和老鹰不同，野鹅飞行时很少俯视地面，而是把眼光投向远方的地平线。当它们看到天边出现一条窄窄的蓝色水线时，就径直朝着那条水线缓慢下降。地面仿佛越升越高来迎接我们的到来，片刻之间，野鹅群就扑通扑通跳入了银色的溪流中，溪流的颜色从高处看见的蓝色变成了银色。

它们悠然自得地浮在水面上，但我的脚上没长蹼，所以只好蹲在树上远远观望着它们滑稽可笑的表演。你不知道那些野鹅的嘴有多扁多难看，可是我在那儿却看到它们派上了用场。野鹅的嘴巴能像钳子一样将河岸上的贝壳紧紧夹住，它们不时用扁嘴咬住植物和贝壳，然后用力拧断，

就像屠夫拧断鸭的脖子那样。之后，野鹅会将整个贝壳一口吞下，再用有力的喉咙将贝壳压碎。在吞进肚子之前，贝壳已经被它们碾成粉末了。

我还见过一只野鹅，它干的事情啊，比这糟多了。它在河里发现了一条钻进泥洞里的鱼，细细长长的像条水蛇，于是它开始把这条鱼往外扯，扯得越来越细，越来越长。经过一场漫长的拉锯战，可怜的鱼终于被拖了出来。野鹅跳上岸，把鱼摔到地上。鱼身被鹅嘴咬过的部分，快变成肉酱了。毫无疑问，虽然这条战利品还在蠕动，但是早已经死掉了。接着，不知道从哪里钻出另一只野鹅来。（顺便提一下，除了飞翔和游泳时，野鹅其他时候的姿态又难看又笨拙。当它们浮在水面上时，美得如同梦幻，可是一到陆地上，它们左摇右摆的，活像拄着拐杖的瘸子。）那两只野鹅开始争抢这条鱼。它们撕扯对方的羽毛，用翅膀拍打着对方，跳起来拳打脚踢。它们打得津津有味，甚至连自己为什么打起来都给搞忘了。一只野猫一样的生物——也可能是只水獭——此时乘虚而入，从芦苇丛中蹿出来，一口就叼走了那条死鳗鱼，转眼就消失不见了。两只野鹅停止了争斗，可是为时晚矣！它们真是太笨了！和它们相比，我们鸽子真是聪明多了。

看到它们停止打斗，领头的野鹅高声呼喊起来："咯咯、呱、呱、呱！"一听到号令，所有的野鹅都开始奋力划水，以便增加冲力。它们扇动了几下翅膀，就飞上了天空。它们现在看起来是多么漂亮啊！宽大的翅膀挥舞出轻柔的飒飒风声，脖颈和身子笔直地伸向天空，形成了一幅多么迷人的画卷。此情此景我终生难忘。

不过，每个鹅群都会有掉队的家伙。这回那个掉队的家伙，正在专心致志地捕鱼，以至于没有听到出发号令。将猎物制服后，它腾上天空，准备找棵树站稳，慢慢享用美餐。谁知从寂静的天空中冷不丁地冲出一只游隼，扑向了它。野鹅吓得赶紧往高处飞，可是执著的游隼穷追不舍。它们越飞越高，在上空兜着圈子，尖利的啸叫和嘎嘎的叫声交织在一起。这时，远处隐约传来了鹅叫声，虽然微弱但是十分清晰。那是领头鹅在呼唤这个掉队者。被游隼追击的野鹅一分神，下意识地回应了一声。刹那间，野鹅口中的鱼像一片树叶一样飘落了下去。游隼俯冲下去，准备用爪子抓住猎物时，不想从下面传来巨浪般的咆哮。一只老鹰从空中像滚石一样砸过来，吓得游隼拼命逃窜。看到这样的情景，我不由得窃喜。

老鹰舞动着船帆一样的大翅膀，闪电般地伸出利爪，

抓住了野鹅口中掉落的那条鱼。然后，这只空中之王身披阳光编织成的金色铠甲，高兴地飞走了，腿上的羽毛随风飘拂。而远处，那只游隼还在自顾自地狼狈逃窜。

我高兴的是游隼终于飞远了，因为我得飞去寻找大篷车道，在那里找到人类掉落的稻谷当做食物。很快我就找到了食物，饱餐一顿之后，我飞到树枝上美美地睡了一觉。当我醒来，已经是午后，我决定出发飞往那座喇嘛庙，去拜访我的老朋友燕子。一路上非常顺利，我飞行时已经学会了小心谨慎。一般情况下，我会在高空飞翔，以便俯视下方，同时遥望地平线。虽然我没有野鹅那么长的脖颈，但是每隔几分钟，我就会转转头，用眼角的余光扫视周围，以确保身后没有任何危险。

太阳落山之前，我及时赶到了寺院。众多喇嘛已经在主殿当中坐好，准备在日落之前为世人祷告。燕子夫妇正在巢边飞翔，三只小燕子已经睡着了。不用说，它们热情地接待了我。喇嘛们结束了晚祷仪式以后，还给我喂食，那个和蔼可亲的老喇嘛还祝福我平安。从他的手掌上飞起来时，我突然感觉自己无所畏惧了。我高兴地回到了屋檐下的巢中，我的巢和燕子一家紧紧相邻。

十月的夜晚十分寒冷。早晨，寺院里的喇嘛敲响晨钟时，小燕子们早已起床，在附近练习飞行。而我和燕子夫妇也只好靠飞翔来驱走这清晨的寒意。那一整天，我都留在庙里，帮燕子夫妇为南飞做准备。它们打算去锡兰或者非洲的某个地方筑巢，这大大出乎我的意料。它们对我解释说，要造好一个燕巢相当不容易，为了满足我的求知欲，它们还向我讲解了筑巢的技巧。

第八章

和雨燕一路向南

为了弄明白燕子的筑巢本领,我们得先来讲讲燕子身体的局限性。首先,它的喙很小,只适合抓虫子吃。不过它的嘴巴很宽,非常适合在飞行时捕捉猎物,很少有虫子能逃脱它张开的宽嘴巴。由于个子太小,雄燕无法衔起太重的东西,因此它的巢都是由柔软纤细的材料构成,比如牙签一样粗细的草和树枝。

我第一次见到燕子时,觉得它们都是软弱无力的丑八怪。燕子都长着小短腿,几乎无法支撑自己的身体。它的小脚就像小鱼钩,紧紧地贴在身下,生来就为了抓牢东西。钩状的爪子也不够灵巧。由于连接身体和脚的胫部太短,燕子也不

第一部 彩虹鸽的旅行

能像其他鸟儿那样蹦蹦跳跳。不过，小短腿也有其优势——燕子能牢牢抠住滑溜溜的岩壁或者平整的屋檐，而这些是其他鸟儿根本无法做到的。我亲眼见过我的燕子朋友紧紧抓住镜子一样光滑的墙壁，就好像那墙面其实是皱巴巴的一样。

在这些不利因素的影响下，燕子只得在屋檐底下的墙壁上找个小洞来安家，可是里面没法下蛋，因为蛋会滚落下去。燕子就衔来纷飞的稻草和下落的小树叶，用自己带有黏性的唾液将它们粘在燕巢的底部，这就是燕子筑巢的奥秘。燕子的唾液很神奇，风干以后会迅速变硬，就像木匠使用的超级粘胶一样。巢穴筑好以后，母燕就会产下细长洁白的蛋。在燕子的世界里，雌性并没有被解放出来，它们承担的工作总比雄性要多。不像我们鸽子，基本上男女平等。举例来说，燕子爸爸从不孵蛋，它觉得那全是母燕的事。一天之中，它偶尔会给孵蛋的母燕带点吃的回来，可是大多数时候它都跑到其他公燕那儿串门去了。我劝过它，让它学着点我们鸽子，给自己的妻子多点自由，可是它似乎觉得我是在和它开玩笑。

我们终于做好了一切准备工作。在一个秋天的清晨，我和五只燕子往南方出发了，我的朋友燕子先生是领航员。我们从来都不走直线，而是呈"之"字形飞行，有时朝东，有时朝西。不过我们的大方向还是保持朝南。燕子以河流和湖

69

泊上方的飞蝇和蚊虫为食，飞行速度可以达到每小时八十里。这个速度若是换成其他的小鸟的话，一定会头晕眼花。燕子不喜欢树林，因为它们一边飞行一边寻找昆虫，眼睛始终盯着下方，一不留神就会撞到树上，折断翅膀。它们更喜欢在河流上空的开阔地带，舞动着镰刀一样的尖尖翅膀，像老鹰捕食一般急速飞行。燕子目光敏锐，身手敏捷，所到之处，头一秒还在阳光中飞舞的飞蝇和蚊虫，下一秒就会被它一扫而光。

就这样，我们一路飞过了小溪、池塘和湖泊。顺便提一下，燕子不仅吃东西快，喝水也一样麻利。它们一边贴着水面飞行，一边啜上几小口水，然后飞速吞进喉咙。难怪它们不愿意在大树小树和灌木挤挤挨挨的丛林中飞行呢。

可是在开阔地带飞行也有坏处。当燕子疾飞捕食昆虫的时候，雀鹰常常从天而降。而在这样的情况下，燕子又不能俯冲，否则它会栽到水里淹死。让我给你讲一讲我的朋友类似的遭遇。一天下午，在一个很大的湖面上，我的朋友们正忙着捕食昆虫，享用晚餐。而我则四处巡逻，保护雏燕。这时，一只雀鹰突如其来地俯冲下来，我冒着生命危险，毫不迟疑地插过去，翻了一个筋斗，用自己的身体挡住小燕子们。那只雀鹰应该从没见过我这样勇敢的鸽子，同时也低估了我的体重。事实上，我起码比它重一百多克。雀鹰用它的利爪击中了我的尾巴，扯下了几根羽毛。它自以为已经得手，便在空中盘旋了片刻。等它意识到抓到的不过是几根毛以后，所有的燕子都已脱险，逃到了一棵树上，雀鹰很难再抓到它们了。

小雀鹰恼羞成怒，气势汹汹地朝我扑过来。可惜就凭它那小身子骨和小爪子，还无法刺穿我的皮肉。于是我决定迎头应战。我一个空翻冲向了高空，雀鹰跟了过来，我又箭一般俯冲，它还是穷追不舍。接着我又往高处飞，它继续紧咬不放。可是雀鹰惧怕高空飞行，它渐渐跟不上我的节奏了。我的翅膀扇两下，它只能扑腾一下。看着筋疲力尽、神情沮丧的雀鹰，我决定教训它一下。主意已定，我立刻俯冲下去，雀鹰也跟着我冲下去。下降！下降！下降！水面离我们越来越近，眼看我的翅膀就要沾到水了。就在那时，我猛地往前冲，正好赶上了一股热气流，这股气流一下子把我抬了起来。你也知道，在坑洼和山谷地带，空气受热以后就会往温度低的区域涌去。当我们鸽子需要迅速上升时，就会寻找这种气流助自己一臂之力。我连翻三个筋斗，再看下面，雀鹰已经倒栽进水里去了，它就没赶上这股热气流。呛了不少水以后，这家伙才狼狈地飞上了岸，躲进了密林里。燕子们这才从藏

身之处跑出来,与我继续往南飞去。

第二天,我们遇见了一群野鸭。它们也和我一样,脖颈上的羽毛是彩色的,不过其他地方是纯白色的。它们是生活在溪流边的野鸭,每天都顺流而下捕食小鱼。一旦发觉离家太远,它们就会浮出水面,飞回巢穴。它们就像梭子一样来来回回,在溪流上穿梭不停。它们的喙比野鹅的还要扁,里面还有很多凹槽,一旦咬上鱼的身子,就不会再松口。野鸭看上去对贝壳类动物毫无兴趣,也许是因为河里的鱼太多的缘故吧。可是燕子们并不喜欢这个地方,因为野鸭们总是扇动大翅膀,把水面上飞舞的小虫子都给扇跑了。尽管如此,燕子还是挺高兴能见到这群住在山涧边的野鸭,它们从不惊扰平静的水面,比大多数鸭子要可爱多了。

这群野鸭警告我们说,这个地区暗藏着很多猫头鹰和其他的鸟类杀手。我们在寻找藏身之所时,总是尽量找那些猫头鹰无法进入的狭窄区域。对于燕子来说,在树上找个小洞很容易,我决定还是露宿在空旷地带,一切听天由命。夜晚迅速降临,很快我的眼睛就什么也看不到了。周围是无边无际的黑暗,我的眼睛上像是被罩了块黑布。我向保佑鸽子的神灵祷告后就准备入睡了,可是猫头鹰的叫声那么吵,谁睡得着啊?对于夜晚的恐惧让我夜不能寐,时时都能听到鸟儿痛苦的尖叫声,随之而来的是猫头鹰得胜的叫声。一会儿是只棕鸟,一会儿是只印度夜莺,随着阵阵惨叫,它们一只接一只地在猫头鹰的利爪下丢了小命。尽管我紧闭着双眼,可是耳朵依旧能听到周围正在发生的大屠杀。一只乌鸦又尖叫起来,接着是另一只,越来越多的乌鸦叫了起来,整群的乌鸦惊飞了起来,有的甚至撞到了树上。不过这种死法总好过被烧死和被猫头鹰的利爪撕扯。

我惊魂未定之时,突然又闻见空气中传来臭鼬的气味,死神的脚步近了。我绝望了,睁开眼睛想最后看个明白。惨淡的白色月光笼罩着周围的一切,离我不到两米的地方,一只臭鼬正虎视眈眈地盯着我。我赶紧飞了起来,虽然这又会惹祸上身,引起猫头鹰的注意。

不出我所料,一只猫头鹰尖叫着追了上来,接着又来了两只猫头鹰。根据它们拍打翅膀的声音,我能分辨出它们此刻正在水面上飞行,因为水能反射出最细微的声音,即便那只是一根轻飘飘的羽毛落在水面上发出的。我不能贸然地往同一个方向继续飞,夜色太黑,我无法看清楚两米以外的事物。于是我在树林上空停留了片刻,搜索周围是否有上升的气流。天哪!那些猫头鹰赶上来了,我赶紧一个空翻,在空中跟它们兜起了圈子。猫头鹰们当然不会轻易放过我。我往

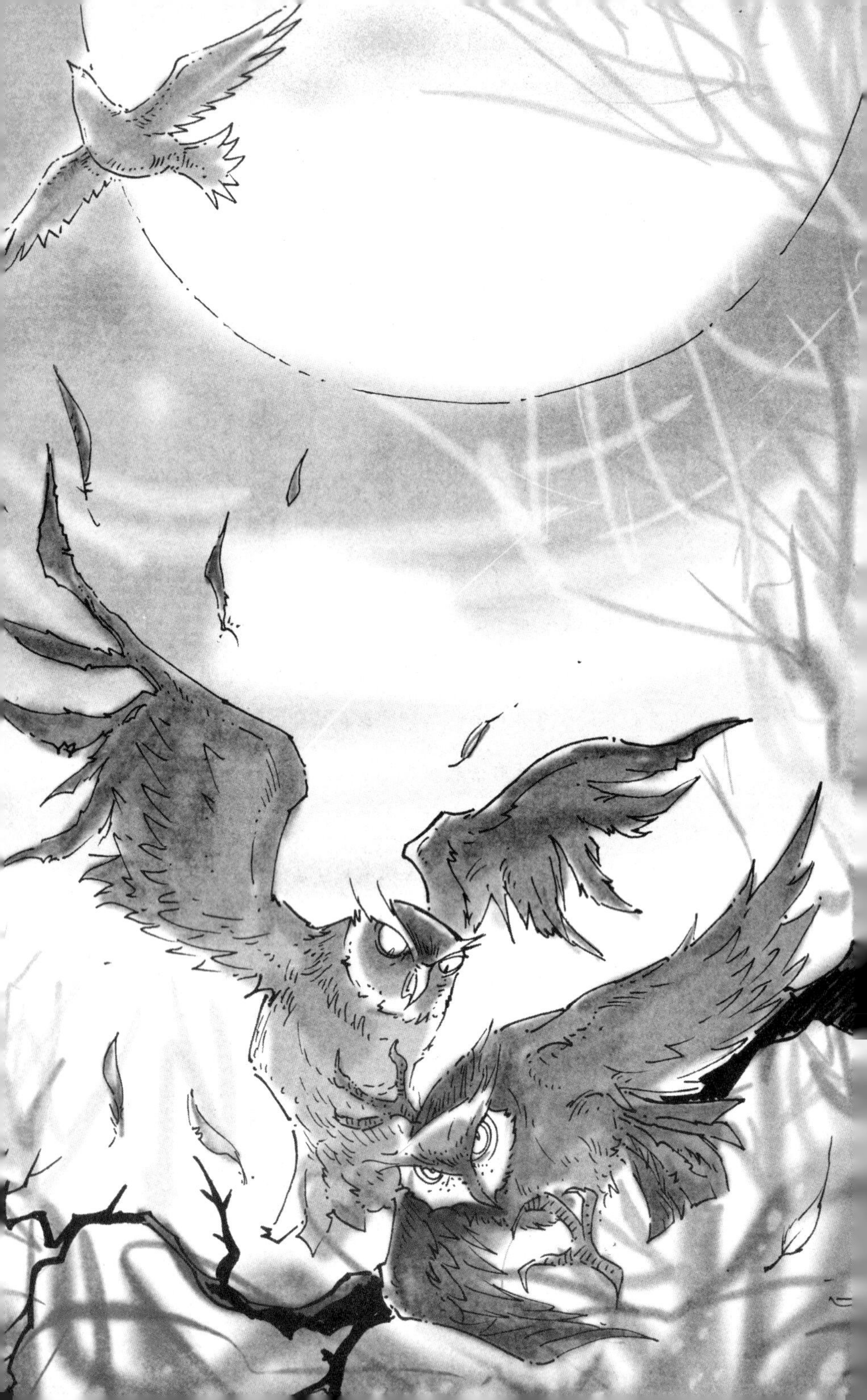

更高处疾飞。月光如水，倾泻在我的双翼之上，我能更清晰地看到周围的事物了，这大大增强了我的自信心。可是我的对手也不示弱，它们也跟着上升。明晃晃的月光照射着它们的眼睛，它们被晃得头晕眼花，不过还能勉强支撑。突然，两只猫头鹰向我冲来，我立刻逃向高空。它们扑了个空，哈，这两只猫头鹰不幸相撞，爪子交缠在一起，翅膀在空中无力地拍打着。随着可怕的尖叫声，两只猫头鹰一起掉进了岸边的芦苇丛中。

这时我仔细地观察了一下周围，猛然发现天色渐亮，原来我并不是朝着月亮在飞啊！我那惊恐的眼睛啊，并没有看清事物的真相。幸好猫头鹰已经不见了，它们一定找地方躲起来了，它们害怕日光。我又安全了，但还是得尽量避开那些高大的树木，因为猫头鹰很可能就藏在其中。我停在树梢处的一根细树枝上，清晨的第一缕阳光总会最先照射那里，将树冠染得金光闪闪。渐渐地，阳光普照大地，白色的溪流在日光的映照下，就像臭鼬闪闪发光的眼睛。

就在那时，一幕惨剧在河岸上发生了。两只像炭一样黑的乌鸦，正在狠命地啄一只被芦苇困住的猫头鹰。随着太阳升起，猫头鹰连眼睛都睁不开了。猫头鹰夜晚对乌鸦作恶太多，现在乌鸦们复仇的时候到了。可我还是不忍心看着它们

这样残害那只受困的猫头鹰,我飞去找我的燕子朋友们。我向它们复述了一遍我的经历,燕子夫妇告诉我,它们也听到了凄惨的叫声,一整晚都没睡着。燕子先生问我外面是否已经安全,我告诉它警报已经解除。当我们出来的时候,我发现可怜的猫头鹰已经死在了芦苇丛中。

说来也怪,那天早上我们在溪流边一只野鸭也没碰上。显然它们清晨已经早早出发,往南飞走了。我们也决定跟上它们的步伐。不过我们不想与其他的鸟类同行,因为在迁徙的季节里,哪里出现大群的鸽子、松鸡等其他鸟儿,哪里就会紧紧跟着猫头鹰、游隼和老鹰。我们才不想去冒这样的险,去面对那些血淋淋的场面呢。

我们先向着东边飞了一整天,在锡金的一个小村庄里落脚。第二天,我们往南飞了差不多半天时间,接着又往东飞。这样飞虽然既绕路又浪费时间,但也帮我们省去了不少麻烦。有一次,我们遇上了暴风雨,被吹到了湖边。在那里,我见到了令人吃惊的场面。当时我正蹲在树梢上,当我俯瞰下面的时候,我发现水面上漂浮着许多家鸭,每只鸭子嘴里都叼着一条鱼,可是它们却都不把鱼往肚子里吞。我从没见过哪只鸭子能抵挡住鱼的诱惑,于是喊来燕子们一起看新鲜。燕子们紧紧贴在树干上,低头看着湖面上的鸭子,也不敢相信自己的眼睛。这些鸭子到底怎么了？很快一艘小船出现在我们的视线中，撑着篙的是两个黄皮肤扁脸的男人。一看到他们，鸭子们就争前恐后地朝小船游去，纷纷跳上船去。你能相信吗？它们把嘴巴里的猎物吐到了一个大大的鱼筐里面，紧跟着又跳进湖水里去抓鱼，就这样一直忙活了大约两个小时。显而易见，那两个渔夫从不撒网，而是用绳子紧紧勒住鸭子的脖颈，然后带它们到湖边捕鱼。不管鸭子们抓到什么猎物，它们的主人都会照单全收。不过，当鱼筐装满的时候，他们就会把鸭子们脖颈上的绳索松开，让它们跳进水里，尽情地享用美味的小鱼。

接下来，我们飞离了这片湖泊，去寻找庄稼地。燕子们降落在一片刚刚收割过的稻田上，在那里捕食各种小昆虫。我不吃虫子，但我饱餐了一顿美味的谷粒。坐在稻田的围篱上休息的时候，我听到了敲击东西的声音，听上去特别像燕雀啄开樱桃核（小小鸟嘴居然力大如胡桃夹子，很不可思议吧？）的声响。可是，当我往声音发出的地方飞过去时，我却发现在篱笆下面的是只喜马拉雅画眉，它在啄的也不是樱桃核，而是一只正缓慢爬行的蜗牛。笃、笃、嗒、嗒！它用自己的喙一下一下像小锤子般砸下去，直到蜗牛不再动弹。画眉抬起头，朝四周看了看，然后站稳脚跟，张开双翅，找

准着力点再冲着蜗牛猛力地啄过去，嗒嗒嗒，三下就把蜗牛壳砸碎了，露出了鲜嫩的蜗牛肉。画眉叼起肉，我发现它的嘴巴上渗出了一些血，可能是刚才用力过猛，把嘴角给撕裂了。画眉将蜗牛稳稳当当地叼在嘴中，飞了起来，很快就消失在树丛中。在那儿，它的伴侣正在等着它一起享用晚餐呢。

接下来的旅程比较平静，我们继续在锡金的稻田上空飞行。我们目睹了孔雀在森林里被人类诱捕的场面，至今我还记忆犹新。这些孔雀来到温暖的南方沼泽觅食，因为此时在北方，蛇和其他小动物都已经冬眠了，而它们正是孔雀们赖以生存的重要食物。

孔雀和老虎十分仰慕彼此，孔雀喜欢欣赏老虎身上的斑纹，常常伸长脖子盯着老虎华丽的外衣；而老虎则经常站在水塘边，久久地凝视孔雀绚丽的羽毛。这时，猎人，这个杀手登场了。猎人常常会购买一块绘有老虎花纹的布来当做诱饵，没有哪种鸟能认出这是只假老虎。接着，猎人在附近的树枝上支好套索，偷偷走开。我能闻出画布上的气味，从而分辨真假老虎，可是孔雀没有这么灵敏的嗅觉，它们被自己的眼睛和鼻子给害了。几个小时以后，几只孔雀来了，它们站在树梢上，盯着下面那个以假乱真的老虎。它们以为老虎睡着了，这种错觉误导了它们，害得它们壮起胆，跳到了离假老虎更近的树枝上。可是，它们离陷阱也更近了。没过多久，它们果然自投罗网，钻进了套索中。至于它们是怎么同时被套索给套住的，我一直没弄明白。不久就传来它们绝望的惨叫声。猎人闻声赶来，又对孔雀耍了个花招：他抛出两个黑帆布罩子，分别罩在两只孔雀的脑袋上，捂住它们的双眼。一旦两眼抹黑，鸟类一般就不会反抗挣扎。猎人紧紧地拴住孔雀的双脚以防它逃跑，最后，他把两只孔雀挂在竹竿两头，挑着猎物得意而归。孔雀长长的尾巴跟在猎人身后，晃悠悠的仿佛两道彩虹倾泻而下。

  我的历险故事到这里就结束了。第二天，我和燕子夫妇道别，它们继续飞往南方，我则满心欢喜地往家赶。经历了这些事情的我，变得更加睿智，但也充满了感伤。请你告诉我，为什么鸟类和其他的动物要忍受互相残杀的苦痛？人类并不像动物一样互相残杀，是吗？反正鸟类和其他动物的世界充满了杀戮，这一切令我感伤不已。

第二部 彩虹鸽的传奇

每个生命的每一次呼吸当中,
都潜藏着无限勇气。

第一章

特别的训练

我们回城后,城里谣言四起,据说欧洲将爆发战争。而冬天也即将到来,我决定对彩虹鸽进行一些必要的训练,以备随时接受英国陆军部的调遣,让它成为一只军用信鸽。彩虹鸽非常适应喜马拉雅山东北部的气候,有望成为一只不可多得的信鸽,穿梭于欧洲各个国家传递情报。即便到了今天,军队尽管装备了无线电通讯设施,也还是离不开信鸽的帮助。读完这个故事以后,你就会明白我为什么这么说了。

我给彩虹鸽制定的训练计划得到了老冈得的认可。顺便说一下,老冈得一路陪伴我们回到城里,在我家住了两三天后，就执意要离开。他说："城市真叫我无法忍受，我没法喜欢上任何一个城市。大街上不是电车就是轰隆隆的小汽车，弄得人胆战心惊。如果不赶紧抖落这个城市留在我脚上的灰尘，我迟早会被吓成一个胆小鬼。丛林里的老虎我都没怕过，可就怕城里的汽车。在最危险的丛林里待一整天，也好过在城市里的十字路口站一分钟。再见了！我要回到宁静的树林里去，那里的空气没有尘埃和难闻的气味。那里的天空，无边无际的蔚蓝，不像城市的天空被密密麻麻的电线杆和电线阻断视线。没有工厂发出的噪音，只有小鸟婉转的啼鸣萦绕耳边。我要远离盗贼和歹徒，到森林中与善良的老虎和黑豹为伴。再见吧！"

冈得离开之前，帮我买了四十只信鸽和一些筋斗鸽。你也许会问我干吗买这两个品种的鸽子，我也不知道自己是不是偏爱这两种鸽子，不过说真的，扇尾鸽、凸胸鸽以及其他品种的一些鸽子，都是徒有其表，用途不大。我家里也饲养过这些鸽子，可是事实证明，它们跟信鸽和竞赛鸽一点也合不来，所以我就渐渐地只钟爱纯种的信鸽和赛鸽了。

我不喜欢印度的一种风俗，这种风俗很奇怪：不管你以多么昂贵的价格售出自己的信鸽，只要它又重新飞回你

家,那么这只信鸽就再次成为你的财产,你无需退款。这个风俗在鸽迷之间,已经约定俗成。所以我只好训练新买回来的宠物鸽,让它们尽快喜欢上我这个新主人。既然我花钱买了它们,肯定不想它们又飞回旧主人那儿去。我要想办法让它们尽快爱上新家。可是现实很残酷,一切都得从头开始。最初的几个星期,我不得不把鸽子的翅膀给绑上,确保它们老老实实地待在房顶。给鸽子绑翅膀是门精细活,首先得准备好细绳,将绳子这一头绕在一根羽毛上,再朝下穿过另一根羽毛,绳子要紧紧贴在翅膀的根部。然后将绳子的另一头从下往上穿过每根羽毛,将整只翅膀都环绕一圈,最后把绳子两头汇合,打个结,方法就跟缝补衣服一样。这种绑法对鸽子来说没什么痛苦,它们仍然能张开和拍打翅膀,也能像平时一样梳理羽毛。我把这些新来的鸽子绑好后,放在房顶的各个角落。它们很安静,慢慢地熟悉着周围的颜色和特征。这个过程至少得持续十五天,才能给它们松绑。

彩虹鸽也被这样绑过,可是这家伙做了一件狡猾的事情。十一月初,我把彩虹鸽卖给了别人,想借此考验一下它,看它在松绑以后,会不会重新飞回来找我。

才过了两天,彩虹鸽的新主人就找到我,着急地说:"彩虹鸽跑了！"

"怎么跑的？"我问道。

"我也不知道，但是我在家里找不到它的影子了。"

"你没有给它绑翅膀吗？它能飞吗？"我又问。

"它的翅膀是绑着的。"他答道。

听到这话，我倒抽了一口凉气。我说："噢，你这个比骆驼笨，比驴蠢的家伙，你跑到我这儿来有什么用，还不赶紧到你家周围好好找找。如果它想飞，而又被牢牢绑住了翅膀，那它会不会从房顶上摔下去？如果真是那样，那么现在它早给野猫吃进肚里去了。噢，你可害苦了这只鸽子，这可是一只信鸽之王，你葬送了一只伟大鸽子的前程！"

听完我一番训斥，买主完全被吓坏了，求我和他一起去寻找彩虹鸽。我的第一反应就是猫口夺鸽。我们找了整整一个下午，可是徒劳无功。所有的脏乱小巷都被我翻了个遍，期望在哪个角落里找到它，将它从癞皮猫的围攻中拯救出来。我从来没走过这么多小巷，可是十二个小时以后，我还是没找到彩虹鸽。那天晚上，我很晚才回到家，挨了父母一顿臭骂后，伤心绝望地爬上床睡觉。

我妈妈最善解人意，她非常理解我的心情，一点也不希望我闷闷不乐地进入梦乡。她安慰我说："你的鸽子很安

全，安心睡吧。"

"你怎么知道，妈妈？"

妈妈回答道："如果你能保持一颗平静的心，彩虹鸽也会感受到你的平静，而一旦它心情平静，头脑就能保持清醒。你也知道，我亲爱的孩子，你的小鸽子是多么聪明，如果它能放松心情，就能战胜一切困难，安全返回家。同时，我们也要保持宁静的心。"听了妈妈的话，我喃喃自语："我很平静，世间一切都很平静，愿安宁、平静降临我们身边。"

我临睡前，妈妈对我说："你会做个好梦的。"

我很快睡着了，从未睡得如此香甜。第二天，上午十一点左右，彩虹鸽的身影出现在天空之中，它高高地飞翔着。至于它是如何挣脱束缚的，就由它自己讲给你听吧。现在，请展开你的想象：

噢，我听得懂兽语的主人，我在那人的家里是一天也不想多待了！他给我吃的稻谷，全是生了虫的；给我喝的水，一点儿也不干净。我毕竟是条生命，为什么他待我如石子和土块？他还用气味恶心的渔线绑住我的翅膀，我还能再和他待在一起吗？绝不！那天，他把我放在他们家白色的屋顶上，等他一下楼，我就扑腾着翅膀飞走了。天哪，我的翅膀好沉重，没法继续飞，只好落在旁边小巷里一家商店的雨棚上。我在那里静静等候,四处张望,想寻求帮助。我看到头顶飞过几只燕子,便向它们呼救,可是它们不是我的朋友,并未向我伸出援手。这时我又看到了一只野鸽子,便再次呼救,可它也对我不理不睬。就在那时,一只黑猫朝我走了过来。死神逼近了,黑猫的黄色眼睛里燃起了红色的火焰。它弓起身子,准备猛扑过来。我也跳了起来,高高跃过黑猫的头顶,跳上雨棚上方一米多高的屋檐,那儿正好有一个燕子巢。这个动作难度很高,可我紧紧地贴在屋檐下面,一直忍到黑猫悻悻离开。我又往上跳了一米多高,来到了房顶。终于可以休息一下了。我的翅膀受伤了,为了减轻疼痛,我轻轻地用嘴梳理羽毛。一根接一根,我用嘴巴从羽毛的根部顺着梳理,突然,什么东西脱落了。一根短小的羽毛上绑着的渔线在我嘴巴的按压之下松动了,散发出恶心的腥臭味。我强忍臭味,继续梳理下一根羽毛,瞧啊,渔线又脱落了。噢,那种感觉真让人痛快!很快,我的整只翅膀都摆脱了臭渔线的束缚。可就在那时,那只阴魂不散的黑猫再次出现在我面前。不过我现在能飞了,我飞了三米远,飞到了一幢高楼的雨棚上。那儿是个不错的落脚点。我瞪着那只该死的猫,它蜷起身子,向上一跃,正好扑在我刚刚摆脱的渔线上。我这才恍然大悟,原来吸引那只猫的并不是我,而是那根散发着腥臭味的渔线

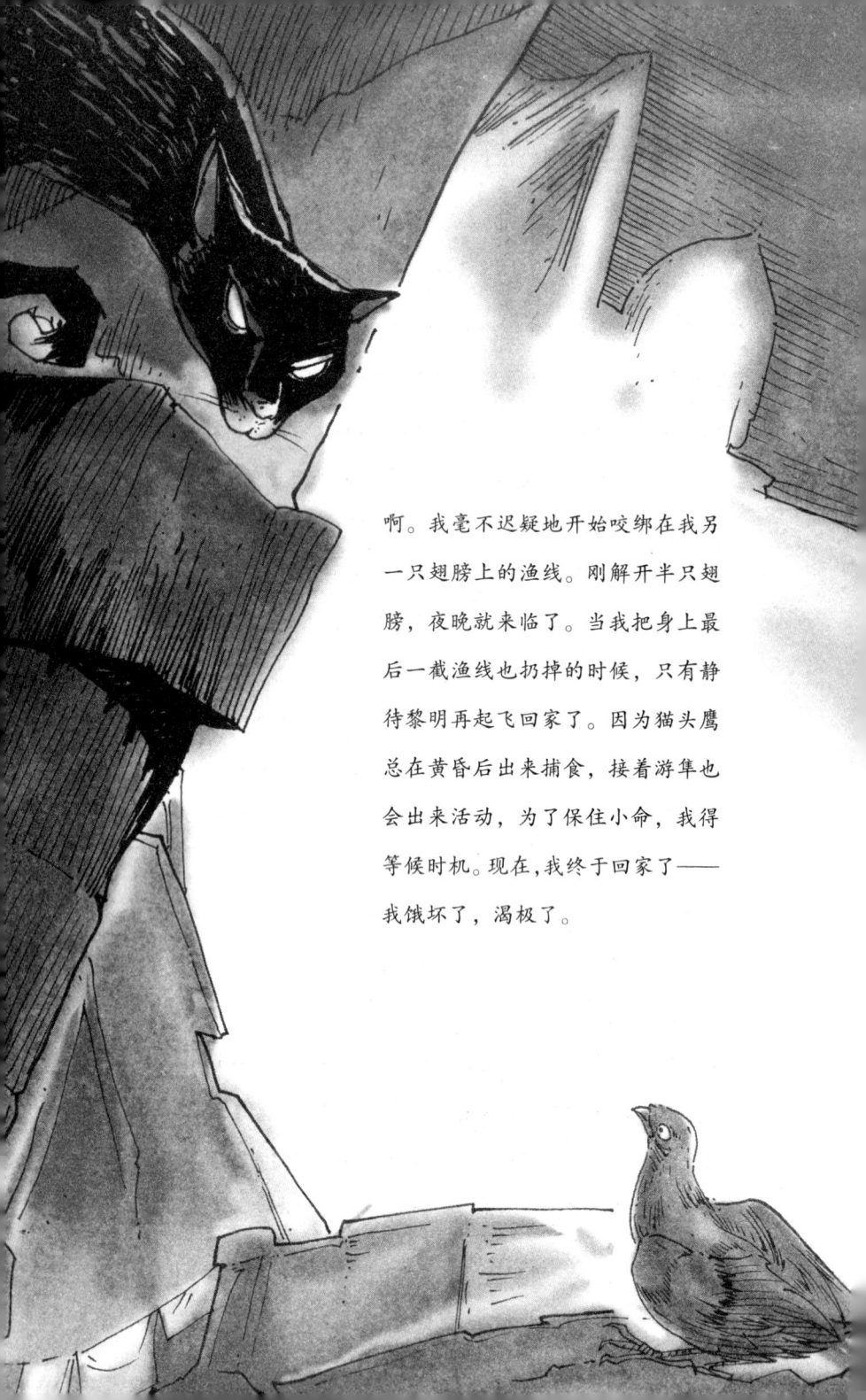

啊。我毫不迟疑地开始咬绑在我另一只翅膀上的渔线。刚解开半只翅膀，夜晚就来临了。当我把身上最后一截渔线也扔掉的时候，只有静待黎明再起飞回家了。因为猫头鹰总在黄昏后出来捕食，接着游隼也会出来活动，为了保住小命，我得等候时机。现在，我终于回家了——我饿坏了，渴极了。

我对新鸽子们做的第一件事，就是喂它们食物和干净的水，我从不让它们喝自己的洗澡水。由于彩虹鸽的翅膀沾满了鱼腥味，我专门给了它一个单间。连续三天，彩虹鸽好好洗了三次澡，终于可以归群了。顺便说一句，我爸爸坚持让我把钱退给那个购买彩虹鸽的人，他认为这个结局对那个人来说太惨了。说真的，当时我一点也不想听我爸的。不过现在想起来，我觉得他是对的。

　　两个星期以后，在松开那些新买的鸽子的翅膀之前，我用美食收买它们，好让它们对我忠心耿耿。每天，我都会喂它们吃酥油浸泡过的小米粒和花生米（事先泡上一整天），每次给它们一小把。这些鸽子非常喜欢吃这种食物，持续两天以后，它们就养成了习惯，每天下午五点左右就会来找我，向我讨要这种酥油浸泡过的小米粒和花生米。三天后，我松开了绑在鸽子们身上的绳子，不过是在四点四十五分的时候才敢解开。刚得解放，鸽子们就立刻飞上了天空。可是兴奋劲儿一过，它们又飞落在屋顶上，寻找酥油泡过的小米粒和花生米！真可悲，我们人类只能通过讨好鸽子的胃来赢得它们的信任。可是我的天，我发现许多男人和女人也是这么做的。

第二章

王者风范

　　一天又一天,新买来的鸽子们飞得越来越远。快满一个月的时候,我把它们带到了离家八十多公里的地方去放飞。除了有两只飞回旧主人那里外,其余的鸽子都在彩虹鸽的带领下顺利返回了我家。

　　由谁来当那个毫无争议的领头鸽,这个问题处理起来并不容易。为此,彩虹鸽得和其他两只公鸽——希亚和加霍进行决斗。加霍是一只纯黑的筋斗鸽,羽毛像黑豹一样乌黑发亮。它性格温和友善,但却拒绝服从彩虹鸽的领导。你知道,信鸽们通常都争强好胜、喜欢炫耀自己。它们常常趾高气扬地在我家房顶上走来走去,咕咕咕地叫个不停,好像自己是至高无上的国王。如果彩虹鸽把自己当成拿破仑，那么希亚，这只绰号白钻石的白鸽就会自诩为亚历山大大帝，而加霍，这只绰号黑钻石的鸽子，虽然不是信鸽，但估计也会自以为是凯撒大帝吧。除了它们三个，其他的公鸽也个个骄傲自负，不过已经先后在决斗中输给了这三只鸽子。最后只剩下这三只鸽子进行决斗，决出整个鸽群的头领。

一天，希亚故意在加霍太太的面前梳理翅膀上的羽毛，还对这位女士不知所云地说了一大通。加霍太太是一只羽毛乌黑发亮，眼睛像鲜血一样红的漂亮母鸽。希亚的表演才开始没多久，加霍就突然钻了出来，朝希亚扑了过去。被激怒的希亚也不示弱，恶狠狠地对加霍进行反击。两个家伙拳脚相加，扑腾着翅膀狠命拍打对方，用嘴狠狠地啄向对方。其他鸽子纷纷退到一边观战，彩虹鸽则站到高处，冷静地观望着这场决斗，就像一个执掌网球比赛的裁判。

六七个回合之后，希亚胜出。希亚的自信心因此而无比膨胀，它走到加霍太太跟前，像是在说："太太，你的丈夫看来是个懦夫。看我有多厉害。咕噜噜，咕噜噜。"可惜加霍太太并不买账，它居高临下地朝希亚轻蔑地看了一眼，拍打着翅膀，跟着丈夫一起飞回家去了。这回轮到希亚沮

丧失望了，它将这股愤恨转嫁到了彩虹鸽身上。希亚突然发作，猛地朝彩虹鸽发起猛力攻击。彩虹鸽猝不及防，差点在希亚的第一轮进攻中被打倒。希亚不停地对彩虹鸽又啄又咬又扯，扇动翅膀拍打彩虹鸽，打得彩虹鸽头晕眼花，差点倒下。彩虹鸽四处逃窜，疯狂的希亚穷追不舍。两只鸽子在屋顶上转来转去，像纺锤一样旋转不停，我都已经分不清它们是谁在追谁。它们的速度很快，让我看得眼花缭乱，直到它们停下来互相打斗在一起，重复刚才的场面。拍打翅膀的声音炸开了锅，打落的羽毛胡乱纷飞。突然双方又胶着在一起，打得不可开交，两只鸟都已变成了愤怒的化身。

　　彩虹鸽似乎觉得这样下去很难分出胜负，于是它从战斗中抽身出来，飞到了空中。希亚也跟着飞起来，快速地扑腾着翅膀。在离地不到一米的地方，彩虹鸽伸出利爪扼住了希亚的咽喉，并且越抓越紧，同时它的翅膀像钢制的枷锁一样，连珠炮般狠狠地拍击着希亚，把希亚打得落花流水，白色的羽毛纷纷落下。两只鸽子继续扭打在一起，像两条毒蛇一样互相撕咬。最后，希亚终于落败，它筋疲力尽地瘫倒在地，仿佛一朵凋零的白色花朵，一条腿也脱了臼。而彩虹鸽呢，它喉颈上的羽毛几乎全部掉光。但是它很高兴，因为争斗总得以这样或那样的方式结束，它为自己的胜利感到兴奋。彩虹鸽心里非常清楚，如果希亚不是在和加霍的战斗中耗费了体力，自己也未必能取得胜利。不管怎样，结果已经显而易见，这就很好了。

我尽力包扎固定好希亚的伤腿。三十分钟以后，鸽子们开始吃晚餐，好像已经忘记了刚才发生的一切。不爱生气也不爱怀恨在心，这是鸽子的天性。这也难怪，这些鸽子们的祖先都具有高贵的血统，从小就接受了良好的教育。多个嘴说一句：希亚在处理自己的失败结局时，俨然一位大度的绅士。

一月来临，天很冷，但也很晴朗。鸽子大赛的日子也终于到来了。每个参赛的鸽群都要经过三个项目的测试：团队协作、远距离飞行和恶劣环境下的飞行。我们在第一个项目中得了冠军，但由于一次意外，我们无法参加后两项比赛了。关于意外的细节，我会在后面讲述。

下面我来介绍一下团队协作竞赛项目的规则。鸽群先从各自的家出发，一旦远离了主人的哨声和其他指令，四面八方的鸽群就会聚拢在一起，连成一片。它们会自发地选出一名合适的鸽子作为领头鸽，紧随其后飞行。这一切都发生在我们看不到的高空，鸽子们会凭借自己的智慧和

彩虹鸽

本能来选头鸽，哪只鸽子飞得最快，飞在最前面，就会成为头鸽。头鸽往往自己都不知道大家为什么选它，也不会认为这是一种荣誉。

此时的印度，天气寒冷，温度已经下降到华氏四十五度，相当于摄氏七度。这已是印度一年中最冷的时候了。比赛时间是一个清冷的早晨。天空万里无云，宁静悠远，湛蓝如宝石。城市里的各式建筑色彩分明，玫瑰红、蓝色、白色和黄色互相交错，就像从深深的黎明之中升起的巨人大军。远远望去，地平线上升腾起朦胧的紫色雾霭。城里的居民身穿琥珀色和紫蓝色长袍，登上屋顶对着神灵进行晨祷。他们张开双臂，用特殊的姿势迎接初升的太阳，祈求它的庇佑。很快整座城市沸腾开来起来，嘈杂声和各种气味开始弥漫。鸢鸟和乌鸦在天空中大声地叫着。喧闹声中，传来了吹笛人的悠扬乐声。与此同时，比赛开始的哨声吹响了，鸽迷们全都在自家房顶上挥舞着小白旗，数不清的鸽子瞬间腾空而起。成千上万的信鸽和筋斗鸽一起拍打翅膀的声音仿佛雷鸣一般，把鸢鸟和乌鸦吓得仓皇逃跑。所有的鸽群都呈扇形，围绕着城市上空飞翔，仿佛被气流卷起的彩色云朵。尽管它们越飞越高，可他们的主人依旧能辨认出自己的鸽群。即便鸽群汇聚成一大片恍若一堵坚固的翅膀之墙，我依然能通过它们飞行的姿势认出彩虹鸽、希亚、加霍以及其他五六只鸽子。每只鸽子都有自己独特的飞行姿势，如果鸽子的主人想提醒某只鸽子，引起它的注意，他只需吹出长短各异的哨声就能实现。只要能听到主人的哨声，鸽子就一定能发出回应。

最后，整个鸽群飞得那么高，即便是吹响号角它们也听不到了。到那时它们会停止在天空中盘旋，开始水平飞行。领头鸽的争夺战开始了。鸽群不停地从这个方向转向那个方向，激烈地角逐着。地面上的主人们只能专心致志地仰望高空，想要找出哪只鸽子飞在最前面。有那么一会儿，好像加霍领先了，可是还没等它飞到最前面，鸽群又突然转向，往右边飞走了。整体的队形开始混乱，就像赛马比赛一样。各式各样的无名鸽争先恐后地向前涌去，一转眼又被鸽群给推了回来。这样的情形一遍遍地重复着，连我们都看得没劲了。看起来，哪只鸽子会获胜还说不清楚。

突然，房顶上有许多人大叫起来："彩虹鸽，彩虹鸽，彩虹鸽！"不错，鸽迷们叫喊的正是彩虹鸽的名字。我清清楚楚地看到我的鸽子领先了，我的彩虹鸽成为了王中之王，它正引导所有的鸽子进行各种特技表演。噢，多么令人激动的时刻！彩虹鸽率领着鸽群从这头飞到那头，越飞

越高。早上八点的时候,天空中一只鸽子也不见了。我们纷纷卷起信号旗,下楼去上学。中午时分,当我们再次来到房顶上,每个人都看到了鸽群正排着方队从天而降。看啊!彩虹鸽依旧飞在最前面。人群中再次欢呼道:"彩虹鸽!彩虹鸽!"是的,彩虹鸽赢得了胜利,它连续四小时担任领头鸽,从起飞那一刻直到降落,都始终保持王者风范!

接下来进入了这个比赛项目最危险的阶段,比赛的总裁判发出了解散的指令。我们各自的鸽群开始从大队伍中分离出来,返回各自的鸽巢。但解散过程不是一下子就能完成的,鸽群撤退时,得留一些鸽子担任哨兵。彩虹鸽带领我们的小部队排成伞状,保护还没撤离的鸽子。这就是领导者的代价,也可以称之为自我牺牲。

可怕的事情也随之发生了。在印度的冬天,秃鹰每年都来南方过冬。秃鹰不吃腐肉,和鹰隼一样,它们只吃自己的利爪活捉的猎物。这是一种狡诈的猛禽,我认为它们是低等的鹰类。它们的外表类似鸢鸟,可是翅膀没有开叉。成对的秃鹰在一大群鸢鸟的上空轻盈地飞翔,它们可以看到猎物,而猎物却看不到它们的身影。

就在彩虹鸽即将载誉而归的那天,我发现一对秃鹰正尾随在一群鸢鸟身后,便马上把指头伸进嘴巴里吹响警报。

彩虹鸽明白了我的用意，立刻重新整理队形。彩虹鸽居中领航，加霍和希亚被派在队伍的两头警戒保护，它们以这样的队形朝着鸽巢飞来。整个鸽群连在一起，仿佛是一只巨鸟。它们飞速俯冲，此时，它们已经圆满完成空中守护任务，上午的其他参赛鸽群都已安全返家。

眼看鸽群飞速下降，一只秃鹰以迅雷不及掩耳之势俯冲到鸽群前面，那架势，跟喜马拉雅山的山崖上落下一块乱石差不多。降落到和我的鸽群同等高度的时候，它张开巨大的翅膀迎面拦截。这不是什么新招，每只秃鹰都懂得这个伎俩，这么做的目的在于惊吓鸽群。不用问，这个方法十次有九次会奏效，鸽群一般都会被吓得惊慌失措，阵脚大乱，四散奔逃。如果那样的话，鸽群可就正中秃鹰的诡计了。可我们机灵的彩虹鸽才不上当，它临危不惧，奋力拍打着翅膀，带领鸽群从敌人下方一米五处镇静地飞过。它之所以敢这样冒险，是因为它知道敌人从来不敢扑向整齐的鸽群。彩虹鸽刚飞出快一百米的时候，另一只秃鹰（可能是雌秃鹰）又降落在鸽群面前进行拦截。可是彩虹鸽根本不予理睬，带领着鸽群径直朝着雌秃鹰飞过去。真不可思议，从没有鸽子敢和秃鹰这样对抗，雌秃鹰吓得赶紧逃。等它一转身，彩虹鸽立刻带领鸽群飞速下降，现在它们离

房顶不到二百米了。

就在那时,雄秃鹰像一颗出膛的炮弹一样再次俯冲过来。这次它斜插进了队伍中间,张开双翅,大张着火钳一样的嘴巴,一路发出愤怒的狂叫。这回它的诡计奏效了,鸽群不再是铜墙铁壁,整个儿队伍被截成两段,一半由彩虹鸽率领,另一半则惊慌失措地四处乱窜。紧要关头方显彩虹鸽的鸽王本色,它紧紧跟着失散的那一半鸽群,迅速超过它们,很快就把队伍重新合二为一,集结在了一起。雌秃鹰又闪电般地朝着鸽群俯冲过来,差点儿就扑到了彩虹鸽的尾巴,并将彩虹鸽和它的队伍完全阻断开来。鸽群突然失去了主心骨,鸽子们惊恐万分,自顾自地四散逃窜。彩虹鸽被完全孤立,四面受敌。但是它依旧毫不畏惧,试图俯冲重组队伍。可它刚下降了三四米,雄秃鹰又冲了过来。彩虹鸽看到敌人逼近,越发无所顾忌,来了几个漂亮的空翻。幸亏它这么做了,不然雌秃鹰就从后面朝它伸出了利爪,那样彩虹鸽一定会被抓住。

与此同时,其他鸽子趁机逃回了家,它们纷纷落在屋顶上,仿佛成熟的果实从树上坠落。但是鸽群里也并不全是懦夫,里面还有一个勇敢的家伙,那就是外号黑钻石的加霍。等到安顿好其他的鸽子,加霍一个空翻冲上高空,显而易见，它决定去营救彩虹鸽。看到彩虹鸽有救兵前来，雄秃鹰决定改变策略，它不再追击彩虹鸽，转而扑向了加霍。可是彩虹鸽随即下降，准备搭救自己的伙伴。彩虹鸽闪电般曲线飞行，带着雌秃鹰兜圈。雌秃鹰显然不及彩虹鸽那样灵活，气喘吁吁地跟在它身后。而老奸巨猾的雄秃鹰，则盯准目标越飞越高，这使得加霍陷入了困境。一旦飞错方向，它就会被雄秃鹰抓住。可惜可怜的加霍偏偏转错方向，它在雄秃鹰下方直线飞行。雄秃鹰见状，立即收拢翅膀，闪电般悄然下降。如此悄然无声，就像一个幽灵。下降，下降，下降，恍若死神临近。惊心动魄的一幕出现了，彩虹鸽不知道什么时候飞到了雄秃鹰和加霍中间，目的在于营救同伴，也在于吓唬敌人。可是天哪！雄秃鹰非但没被吓倒，反而伸出利爪，抓住了彩虹鸽。空中顿时飞落片片羽毛。彩虹鸽在敌人的利爪下拼命挣扎，我痛苦地尖叫起来，仿佛心上被插进了一把通红的火钳。说什么都没用了，雄秃鹰抓着彩虹鸽，绕了一圈又一圈，越飞越高，两只爪子调整位置更紧地抓牢彩虹鸽。在这里，我得交代一件令我觉得羞愧的事情。当时，我一心想要救彩虹鸽，根本没注意到雌秃鹰也俯冲下来抓住了加霍。那一定是在彩虹鸽被抓住后的那一瞬间发生的惨剧。空中飘满了加霍的羽毛，

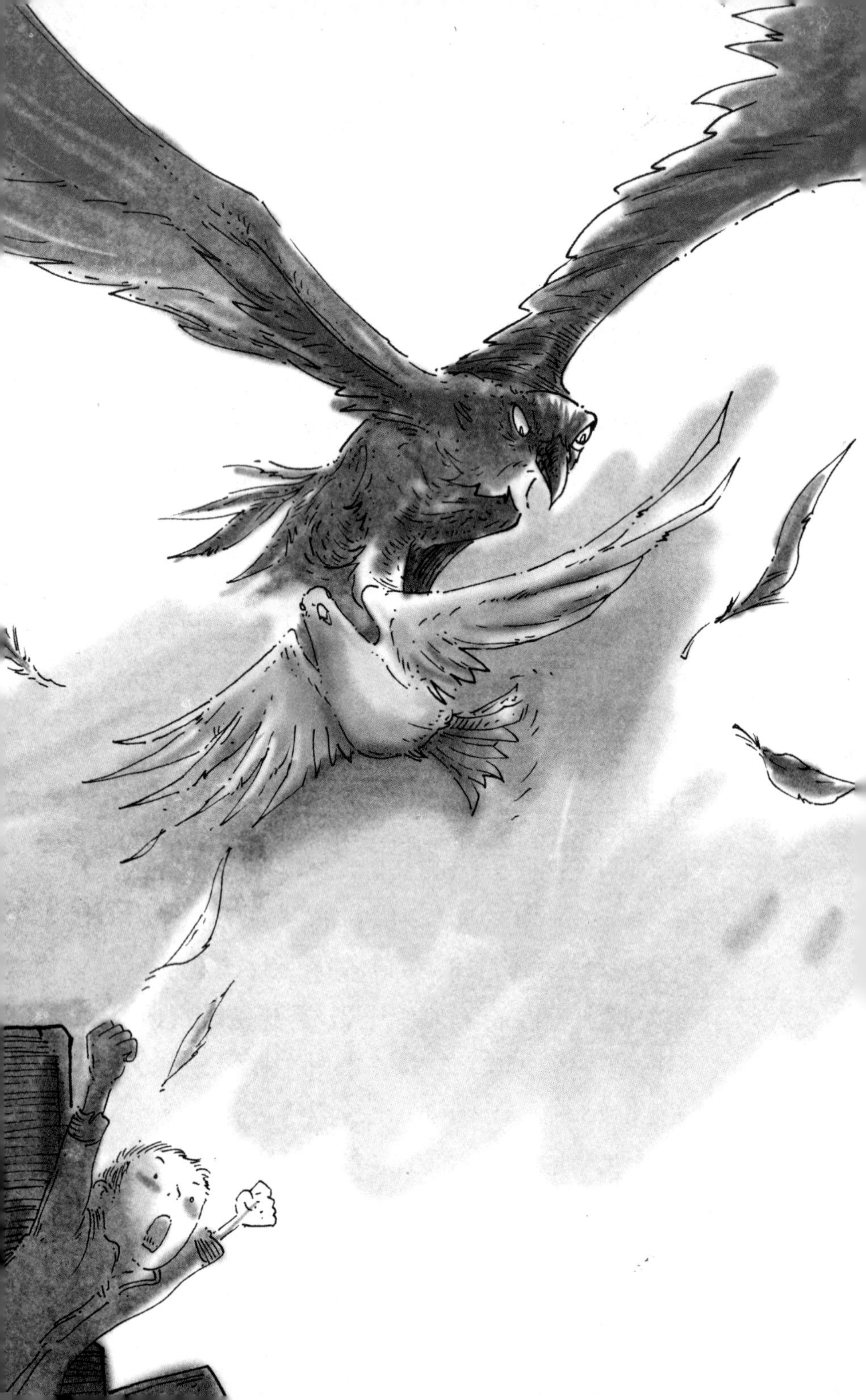

雌秃鹰用利爪牢牢抓住加霍，加霍并没有挣扎。彩虹鸽就没这么老实，它在雄秃鹰的爪子下使劲扭动。雌秃鹰见状，想帮丈夫一把，让他能紧紧抓住彩虹鸽。于是，雌秃鹰飞到了雄秃鹰身边。就在那时，加霍拼命挣扎了一下，雌秃鹰一个趔趄，翅膀和雄秃鹰撞到了一起，导致雄秃鹰也失去了平衡，差点就打了个滚。彩虹鸽趁机逃脱，天空中又是羽毛纷飞。它从高空下落，下落，下落……三十秒之后，气喘吁吁、浑身滴血的彩虹鸽终于安全地落在了屋顶。我连忙把彩虹鸽托起来，替它检查伤情。它的两肋被抓破了，但是没有大碍。我立刻将他带到了鸽子医生那里，医生用了半小时的时间替彩虹鸽包扎好伤口。回到家里，我把彩虹鸽放进巢里，可是我再也找不到加霍，它的巢空空如也。我来到房顶，看到加霍太太蹲在围栏上，往天空四处张望着搜寻丈夫的踪影。接连几天，它都以同样的姿势苦苦等待。但愿加霍太太能感到一丝安慰，因为它的丈夫是如此英勇无畏，牺牲了自己，挽救了同伴。

第三章

无所畏惧

过了很长时间,彩虹鸽的伤口才渐渐愈合。直到二月中旬,它还只能在屋顶上飞不到十米高,而且持续飞行的时间很短。不管我怎么赶它,它都赖在屋顶不动,即便飞起来,过不了十五分钟就肯定会落下来。刚开始我以为是它的肺出了问题,可是经过检查,证明它的肺部安然无恙。我又将它的厌飞情绪归咎于心脏,心想也许是上次的意外伤及了它的心脏。但经过再次诊断,我的这种假设又被推翻了。

彩虹鸽的行为惹恼了我,我给老冈得写了封长信,向他详细描述了所发生的一切。后来我才知道那段时间他和几个英国人外出打猎去了。因为一直没有回信,我决定近距离地对彩虹鸽进行观察。一天又一天,我把彩虹鸽放在屋顶上,仔细地观察它的一举一动,可还是一无所获,我无法找出它厌飞的原因。于是我彻底放弃了希望,认为彩虹鸽再也不能重返蓝天了。

二月底的时候,我收到了冈得从丛林深处传回的神秘便签。上面写道:"你的鸽子被吓坏了,只要驱除它心中的恐惧,就能让它重新飞翔。"可是冈得没教我具体该怎么做,而我实在想不出法子让彩虹鸽飞上高空。赶它离开屋顶也不是个办法,我把它从这个角落赶走,它又会飞到那个角落歇着不动。最让人不安的是,每当云彩的影子投射到身上,或者是一大群鸟从它上空飞过时,彩虹鸽总会吓得发抖。毫无疑问,彩虹鸽肯定误以为那是秃鹰或者猎鹰又朝它扑过来了。我这才相信彩虹鸽确实受到了极度的惊吓。如何才能驱除它内心的恐惧?这事看来最棘手。如果我们还在喜马拉雅山,我会带它去找那位高僧,他曾经帮助彩虹鸽走出恐惧,可是在城市里面,我到哪里去找僧人?我只有耐心等待。

随着三月的到来,春天也来了。刚刚换过羽毛的彩虹鸽仿佛经历了一次蜕变,它的毛色像蓝宝石一样充满光泽,

103

简直漂亮得让人难以描述。一天，我无意中发现彩虹鸽正在和加霍的遗孀交谈。春光中的加霍太太明艳照人，在阳光的照射下，它的羽毛就像黑色的猫眼石，仿佛热带地区闪烁着星光的夜空。我知道如果让它们俩结合，对于它们的后代而言，并不是最佳选择，可是也许加霍太太能帮助彩虹鸽战胜恐惧，而彩虹鸽也能把失去丈夫的加霍太太从抑郁寡欢中拯救出来。

为了增进它们的感情，我把两只鸽子装在一个鸽笼里，带到我的朋友雷加那儿去。雷加的家离丛林有三百多公里的距离。他所在的村子名叫岗奇拉，位于河岸边。那条河流穿过了长满密林的高山，山里生长着许许多多的动物。雷加是村里的祭司，他的家族世袭这个职位长达千年之久了。他的父母住在一幢宽敞的混凝土房子里，紧紧挨着村里的混凝土神庙。神庙被高高的院墙围绕，村民们每天晚上都会聚集在那里，听雷加诵经讲道。当雷加在神庙中大声诵读经书时，外面会不时传来老虎的咆哮或是野象的长啸，它们正穿过狭窄的河道。这是个美丽而充满凶险的地方，在村子里倒是不会遇到什么危险，可是不用走多远你就能碰到任何你想找的猛兽。

我是坐火车去的，晚上才到岗奇拉。雷加和两名家仆到站台上来接我,一个仆人扛着我的包,另一个仆人提着鸽笼。我们各自提着一盏防风灯,雷加特意给我也带了一个来。我们排着整齐的队伍前进,一个仆人在前面引路,另一个仆人殿后。走了一个小时以后,我满怀疑惑地问道:"我们怎么在绕路走啊?"

雷加回答道:"春天来的时候,向北迁徙的野兽常常从此路过,所以我们不能走这丛林中的近路。"

我叫了起来:"别扯了!我又不是第一次穿过丛林。我们什么时候能到家?"

"还有半个小时吧——"

突然,我们脚下的土地好像裂开一样,响起火山爆发般可怕的声音:"嗬——嚯——嚯——嚯——嗬!"

鸽笼里的两只鸽子被吓得惊慌地扑腾着翅膀。我紧紧抓住了雷加的肩膀,可是他非但不对我表示理解,反而哈哈大笑起来。两个仆人也像他一样,放声大笑。

等他们止住笑,雷加向我解释道:"你不是说自己是穿越丛林的老手了吗,怎么猴子叫几声就把你给吓住了?其实那些猴子是看到灯笼的光才被吓得尖叫的。"

"猴子?"我疑惑地问道。

"是的,很多猴子。"雷加提醒我说,"每到这个季节,

猴子们就会北迁。我们的到来惊吓了树上的猴子，这就是真相。下次，你可别再把猴子的尖叫听成老虎的咆哮了啊。"

接下来一路都很顺利，我们很快就到了家，没发生什么意外让我再次出丑。

第二天早晨，雷加又到神庙中履行祭司的职责去了，而我则寻找合适的房顶来放飞两只鸽子。起初，鸽子们有些不知所措，不过当我靠近它们，手里还捧着一大把酥油浸泡过的谷粒时，它们就定下神来，从容地啄食这美味的早餐。那一整天我们都待在房顶上，我一直陪伴在鸽子左右，生怕它们会因为不适应新的环境而惶恐不安。

接下来的一个星期，两只鸽子渐渐将岗奇拉当成了自己的家，它们之间的感情也日益深厚。看来我把它们从鸽群中隔离出来是非常明智的。到了第八天，雷加和我惊喜地发现彩虹鸽开始求偶了：加霍太太飞了起来，不过飞得很低，彩虹鸽紧紧追上。眼看就要被抓住，加霍太太赶紧飞高了一些，并且调头往回飞。彩虹鸽也模仿加霍太太的动作，紧随其后。加霍太太再次升高，可是这一次彩虹鸽突然止步不前了，开始在加霍太太的下方绕着圈飞。虽然如此，我却能明显感觉到彩虹鸽的自信已经恢复了。它毕竟是一只不可多得的好鸽子，终将战胜恐惧，振翅飞向高空，

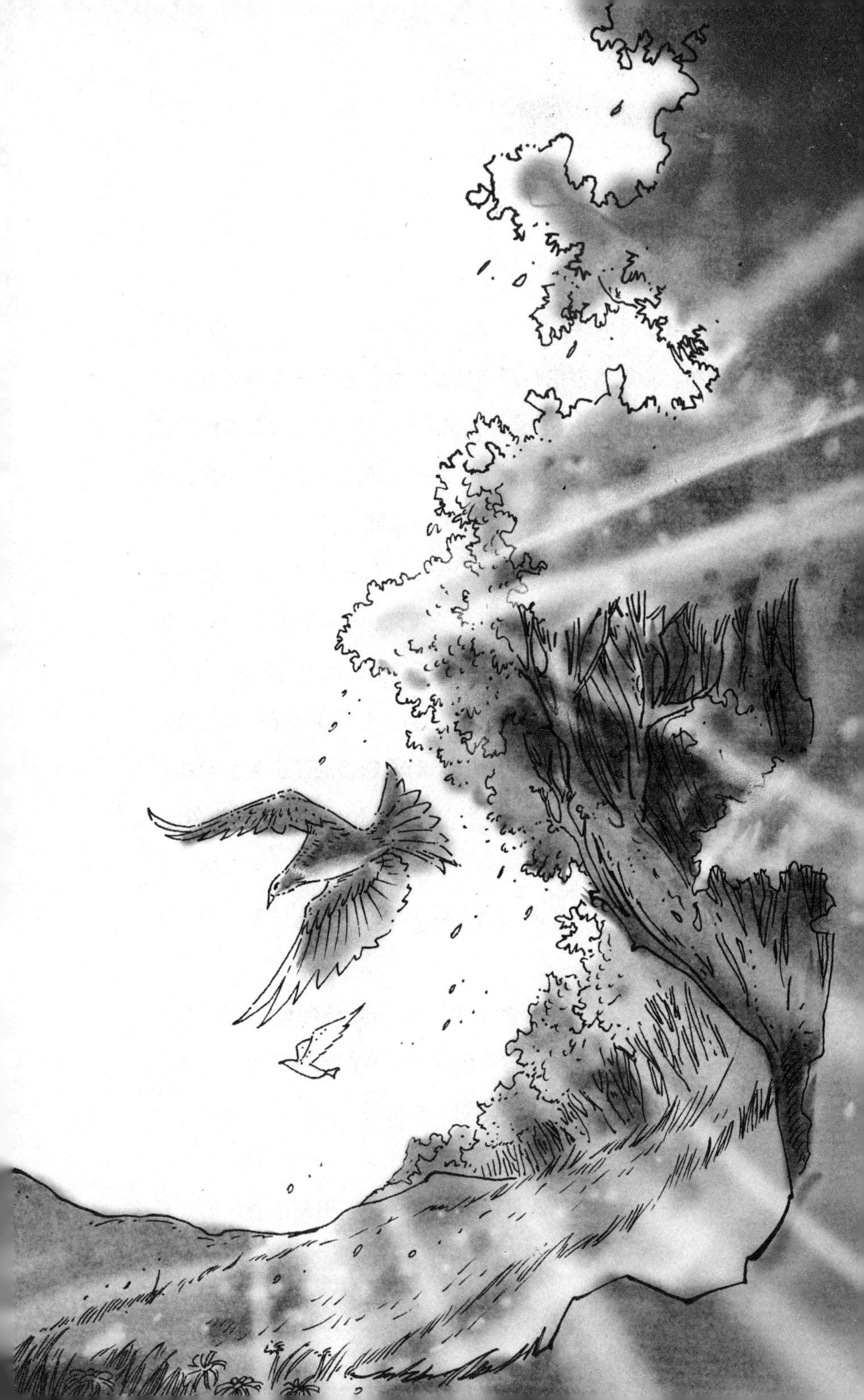

彩虹鸽
GAY-NECK

在那里自由自在地飞翔。

第二天早晨，两只鸽子飞得更高了，并且在互相嬉戏。突然，彩虹鸽拒绝再跟着加霍太太，也不再原地盘旋，而是匆匆忙忙地往下降落。我被弄糊涂了，眼尖的雷加解释道："有朵扇形的云遮住了太阳，阴影投射下来，一定被彩虹鸽误以为是敌人了。耐心点，等到云飘过去，那时——"

雷加说得没错。没过多久太阳就出来了，阳光洒在彩虹鸽的翅膀上时，它立刻停止下降，开始在空中盘旋。加霍太太原本一直陪着彩虹鸽往下降落，此刻也停止了下落，停在离彩虹鸽大约三十米的上方。然后彩虹鸽开始升高，像一只刚获得自由的老鹰，舞动着翅膀迎了上去。彩虹鸽在空中翻飞旋转，阳光照射在它身上仿佛水面泛起的金光。接下来，彩虹鸽不甘落后，它开始带着加霍太太飞翔。它们越飞越高，彩虹鸽完全克服了恐惧，并用智慧和力量征服了加霍太太。

第三天，两只鸽子起了个大早，开始进行长距离的飞行。不一会儿，它们就飞过高山消失在我们的视野里。也许它们已经飞跃了山峰，降落到了山的另一侧。它们就这样一直飞行了至少一个小时。

上午十一点，两只鸽子回来了，嘴里都衔着一根长长的稻草，看来它们是决定筑巢产蛋了。我认为是时候带它们回家了，可是雷加却坚持留我们再待至少一个星期。

接下来的每一天，我们都带上鸽子，去河对岸相对危险的丛林之中探险，在茂密的丛林中放飞它们。不过那里距离雷加的房子仅有八公里远。彩虹鸽开始忘我地练习自己的方向感和高空飞行的能力。换句话说，由于对配偶的爱以及环境的改变，彩虹鸽战胜了恐惧，彻底治愈了自己的厌飞症。

让我们铭记这样一个跨越不同国界和语言的道理：我们所有的烦恼都来源于恐惧、担忧以及憎恨。任何人只要被这三个恶魔中的一个抓住，另外两个也会接踵而来。没有哪只猛兽胆敢杀害在它面前表现得无所畏惧的动物。事实上，也没有哪一种动物会轻易丢掉性命，除非它已经完全被恐惧吓倒。简而言之，对手的致命一击并不一定能打倒你，而你自己的恐惧却能杀死自己。

第四章

使命在召唤

八月的第一周,小鸽子才刚刚诞生,彩虹鸽就和希亚一起从加尔各答前往孟买,跟随冈得踏上了为世界大战效命的旅程。希亚还没有交配过,但出于战争的需要,我还是派它和彩虹鸽一起出征。

在前往佛兰德和法国战场之前,彩虹鸽意识到自己当爸爸了,这让我十分高兴。在鸽子世界里,成了家的鸽子一般都会尽力返家,因为它的妻儿会召唤和等候它的归来。彩虹鸽与它的家人之间那种诚挚深厚的感情,形成了爱的纽带,让我坚信它能胜任传递情报的工作。只要它还活着,最后总会冒着枪林弹雨回到家。

也许有人会提出疑问：彩虹鸽的家在加尔各答，而战场远在万里之外，怎么能保证彩虹鸽不迷失方向呢？问得没错。可是不管怎样，因为彩虹鸽已经有了妻子和孩子，它总会竭尽全力飞回临时的巢穴，最后同冈得一起返回自己温暖的家。

据说，彩虹鸽往返于战场和总司令的驻地之间时，曾传递过很多重要的情报。起先，彩虹鸽只认冈得这个主人，但是没过几个月，它就和总司令也成了好朋友。

我年龄太小，不符合入伍的条件，不能带着鸽子上前线，老冈得只好替我出征。在从印度到法国马赛的漫漫旅程中，希亚、彩虹鸽和老冈得迅速成为了好朋友。我见过的形形色色的动物，过不了多久，都能和冈得建立起友谊，何况我的鸽子和冈得曾经见过面、打过交道，所以更容易听冈得的指挥。

从一九一四年九月到一九一五年春天，印度军队驻扎在佛兰德。在此期间，冈得一直住在总司令部附近，希亚和彩虹鸽则被不同的部队带往前线。写着情报的小纸片通常重量不会超过三十克，它们被绑在彩虹鸽的脚上。被放飞以后，彩虹鸽会径直朝着总司令部飞去，它知道冈得在那里等着它。总司令收到情报以后，总是亲自破译密码并

彩虹鸽
GAY-NECK

发回指令。听说总司令也非常喜爱彩虹鸽，对它的工作给予了极高的评价。

在这一次次的往返过程中，到底发生了些什么故事，还是由当事人——彩虹鸽自己来讲解比较好。俗话说，梦中之事，只有梦中之人最明白。

我们乘船渡过了印度洋和地中海那黑色的水域，之后转乘火车，经过了一个非常奇怪的国度。尽管才是九月，这个叫法国的国家已经冷得跟印度南部的冬天似的。我以为会看见皑皑雪山和参天大树，因为我本以为我们已经接近了喜马拉雅山。可是这里的山还没有最高的竹子那么高，山丘非常低矮。我实在想不明白，为什么地势这么低的地方却会这么寒冷。

最后，我们终于来到了战场前线，后来我才知道我不过是靠近战场的边缘，即便如此，也能听见战场传来的炮火的轰隆声。作为一只普通的鸽子，我自然痛恨任何喷火的玩意儿，不管它的尺寸和形状如何。那些铁家伙如恶狗一般狂吠，喷出死亡的火焰，反正我不喜欢。在战场上待了几天后，我们开始试飞，只有希亚、我以及其他四只鸽子是老乡。你知道希亚是个多鲁莽的家伙，我们从一个大村子的房顶上飞起来刚一会儿，它就冲着轰隆作响的地方飞去了。希亚想看清楚究竟是什么东西在发出这种怪声音。一个小时以后，我们到达了那里。噢，耳膜都快被震破了！一个个大火球，闪电般地从隐藏在树林里的大铁狗口中喷薄而出。它们就落在我们脚下，砰地爆炸，发出嘶嘶的声音。

我被吓坏了，使劲往高处飞去，可是高空里也不安全。不知道从哪儿突然冒出些巨鹰，它们呼呼长啸，就像那些野象。这可怕的景象吓得我们赶紧逃跑，逃到冈得那里去，他会等着我们的。可是老鹰怎会善罢甘休，其中两只老鹰追了过来。我们加快了速度，侥幸的是，它们没赶上来。可是不出我们所料，老鹰们扑向了我们所在的营地。这下完蛋了，它们像狡猾的臭鼬一样，想扑到我们的鸽笼里来一口把我们吞进肚子。不！突然老鹰停止了咆哮，倒地而死。两个人从巨鹰的肚子里跳出来，然后渐渐走远。老鹰怎么把人类吞进肚子里去的呀？被吞进肚子里的人，又怎么还能活着出来呢？

没过多久，执行完任务的两个人又回来了，他们重新爬进老鹰肚子里。伴随着一阵呻吟声和咆哮声，老鹰又活了过来，重新飞上了蓝天。这下我明白了，那些老鹰一定是人类的空中战车。直到这时，我才如释重负，松了口气。

起初，周围的一切都显得那么奇怪，不过我们渐渐地就适应了。可是如何在这个战火纷飞、枪炮轰鸣的地方睡着觉，这一直是个困扰我们的大难题。在军队的那几个月里，我就没睡好过一天。我和希亚总是神经紧张、焦躁不安，就像刚刚孵出来的小蛇一样敏感。

我的第一次历险发生在前线，为罗塞尔达传送情报的时候。在那里，各式各样的铁狗狂吠着，夜以继日地喷射着火焰。我得先跟你介绍一下罗塞尔达这个人，他手下有众多来自加尔各答的印度士兵。他把我装在一个罩着黑色帆布的笼子里，和他的四十人小分队出发去了前线。经过几天几夜的艰苦跋涉——那是我在黑乎乎的笼子里推断的时间——我们终于抵达了目的地。罩在笼子上的黑布被揭开了，可周围除了墙，我什么都没看到。包着头巾的印度士兵在沟里匍匐前进，就像小虫子一样。头顶上，机器老鹰飞来飞去，发出可怕的轰鸣声。我第一次尝试将各种声响区分开来，各种爆炸声其实强度都有所不同，凭借耳朵是可以辨别区分的。而周围士兵们的喊叫声却很难听明白，我不知道他们是在对我说什么。在震耳的炮声中，他们的喊叫犹如懒洋洋的微风拂过草丛的窃窃私语。士兵们时不时松开铁狗们的口罩，放它们出来尽情狂吠，长时间地喷

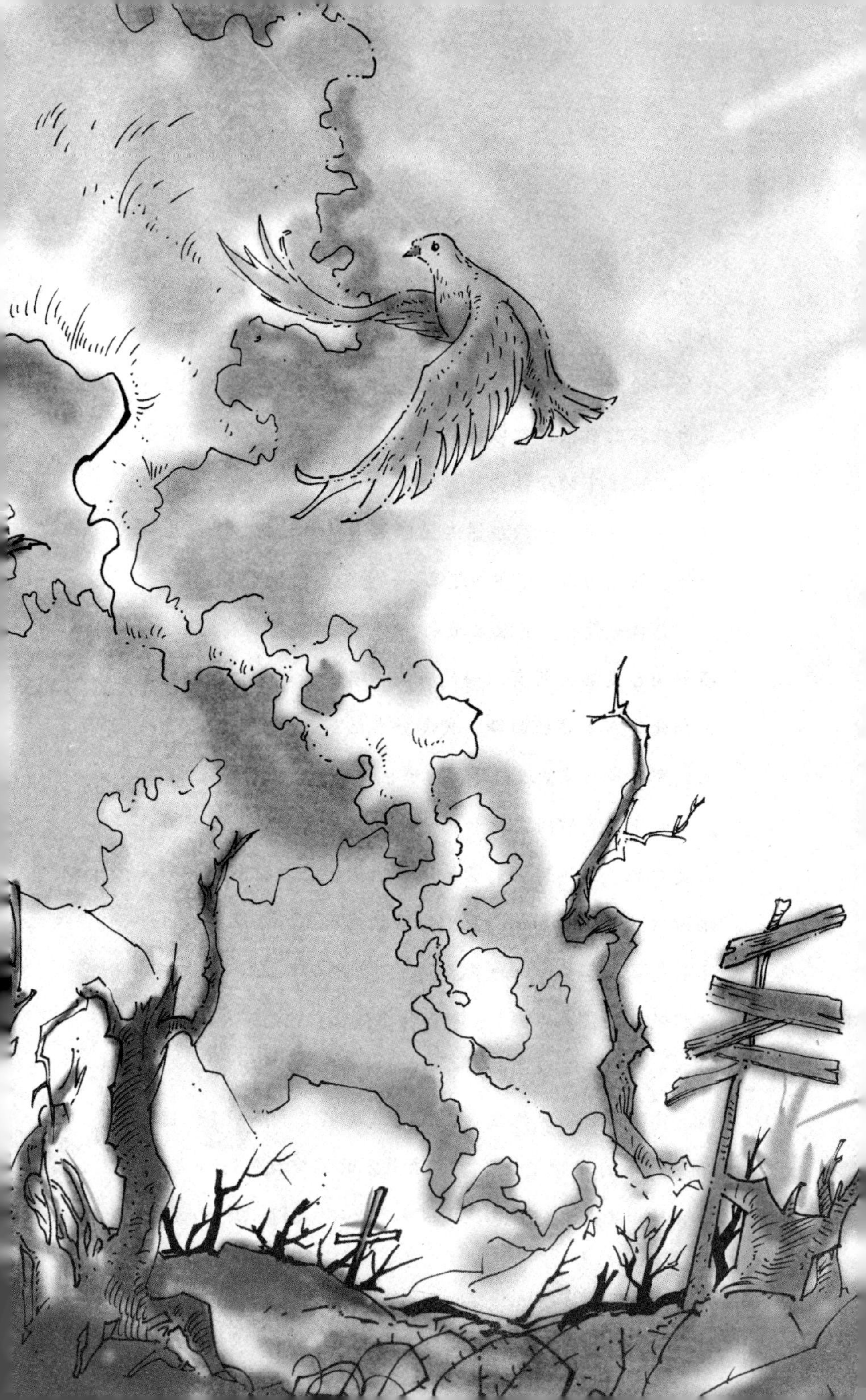

出火舌。接着又传来鬣狗的狞笑,成百上千的士兵把这些小狗打得又喘又咳。这声音很快就淹没在头顶盘旋的机器老鹰们的低声轰鸣中。机器老鹰成群结队地在天空中飞行,发出疯狂的吼叫,就像许多麻雀在空中互相厮杀。罗塞尔达举起他手中的小铁狗冲着天空哒哒哒乱吼了一气,喷出许多火。看哪,一只机器老鹰像兔子一样被打中了,应声而落。低沉的声音随即响起来——轰隆轰隆轰隆隆!

虎啸一般的声浪滚滚而来,仿佛广袤苍穹弹奏的和弦,顷刻间吞没其他所有细碎的声响。噢,那是什么琴,弹奏出如此扣人心弦的曲调。我怎会忘记?呼啸声一浪盖过一浪,轰鸣声一阵紧过一阵,仿佛巨石滚滚,山崩地裂。

为什么美妙的事物和死亡仅仅相隔一步之遥?那撕裂我灵魂的、妙不可言的音乐还未落幕,巨大的火球就如暴雨般落在了我周围。士兵们纷纷倒地而死,就像洪水中渺小的老鼠。浑身是血的罗塞尔达,匆匆在纸上写了几个字,便将纸条绑在我的脚上,把我放出鸽笼。他的眼神告诉我,他正处于极度危难之中,希望冈得能为他搬来救兵。

你了解我,我的主人,我马上就起飞了,可是眼前的场面让我的翅膀僵住了。战壕上方的天空就像一片火海,怎么冲出去是当务之急。我用尾巴当舵,调整飞行的方向。

可是不管我朝哪边飞,火舌都像梭子一样在我上方穿梭,它们在生命的织机上为我编织着一件死亡之袍。可是我必须冲上高空,因为我是彩虹鸽,是我父亲引以为傲的儿子。没过多久,我正好赶上了一小股上升的气流,它卷着我不停上升,我的翅膀好像折断了一般,身体轻飘似树叶。气流将我的身体颠来倒去,不停翻滚,最后,我终于冲出越发密集的火力网。可之后我两眼抹黑,根本看不到方向,我自言自语地念着:"去找冈得,去找冈得!"我每念一遍,这句话都会敲打着我的灵魂,鞭策着我,让我有更大的勇气奋力飞向高空。我飞得更高了,观察了一下四周,然后往西边飞去。就在那时,我的尾巴被流弹击中了,上面一半的羽毛都被烧坏掉落了。我火冒三丈!尾巴可是我的骄傲,平时别人碰一下都不行,现在居然被人用枪打!算了,幸好我即将安全返回目的地。可就在我准备降落的时候,两只巨鹰在我上方展开了争斗。我没听到它们的啸叫也没看清它们的模样,它们相互残杀不关我的事,可没想到它们在我上方喷射出团团火焰。它们越战越勇,火舌也越吐越密。我尽力躲闪,使劲往下俯冲,一心期望赶紧遇到树林。当然,那里是有树林的,可是大多数的大树都被炮火轰炸,只剩下了枝干和树桩,再没有浓荫覆盖、枝繁叶茂的大树

存在了。所以我只好走"之"字形路线，在残存的树干间穿行，就像人类在丛林中躲避野象的追逐一样。最后，我终于回到了家，停歇在冈得的手腕上。冈得割断细绳，带着我和写有情报的纸片去见总司令。总司令的脸红得如同熟透了的樱桃，身上散发着一股好闻的香皂味。他可能和普通士兵不一样，也许他一天要擦三四次肥皂，洗三四次澡。读完罗塞尔达给他写的纸条以后，总司令拍了拍我的脑袋，像头老牛一样满意地咕哝了几句。

第五章

第二次历险

等到罗塞尔达身上所负的几处轻伤康复之后,我再次被带往前线,这次和我同行的还有希亚。我立刻明白了,我们这次传递的情报一定至关重要,以至于他们得带上两只信鸽,以保证传递任务万无一失。

天气异常寒冷,我感觉就像住在冰雪世界里一样。雨一直下个不停,路面泥泞,脚一落上去就会陷进流沙一样的泥巴里,寒气浸透双脚,你会觉得是踏着死尸在前进。

我们到达了一个陌生的地方,那儿不是战壕,而是一个小小的村落。周围战火纷飞,硝烟弥漫。从士兵们的表情来看,这是一个神圣的战略要地。尽管死神的红色火舌

舔遍了这里的房顶、院墙和大树,但是他们继续坚守着,决不放弃。我倒是很乐意待在这样开阔的地方。灰色的天空低沉地压下来,你可以看见地面上有块结了白霜的区域,弹片还未降落到那里。在炮火密集的中心地带,成片的房子倒下,如同暴风雨中飘零的鸟巢。即便如此,老鼠依旧在洞中跑来跑去,照样去偷吃奶酪,蜘蛛也依旧在织网捕虫。它们照旧按自己的方式生活着,那些互相残杀的人类和天上的云朵一样,与它们毫不相干。

过了一会儿,轰隆隆的炮声停歇下来,整座村庄——事实上只剩下些废墟了——暂时安全了。天色越来越暗,天空更低了,仿佛抬起头来就能啄到。阴冷和潮湿紧紧地抓住我的羽毛,像是要把它们拔下来一样。若一直在笼子里一动不动地坐着,非得冻死不可,于是我和希亚紧紧地依偎在一起相互取暖。

敌我双方又开始交火了,四面八方都有炮火纷飞。小小的村庄像是被敌人包围起来的孤岛,硝烟笼罩了一切。敌人已经切断了我们与后方的联系,接着又开始发射火箭炮。尽管刚过正午,周围却又黑又潮湿,如同喜马拉雅山的夜晚。我不知道为何人类会认为这还不是黑夜。不管怎么说,我觉得人类比我们鸟类还无知。

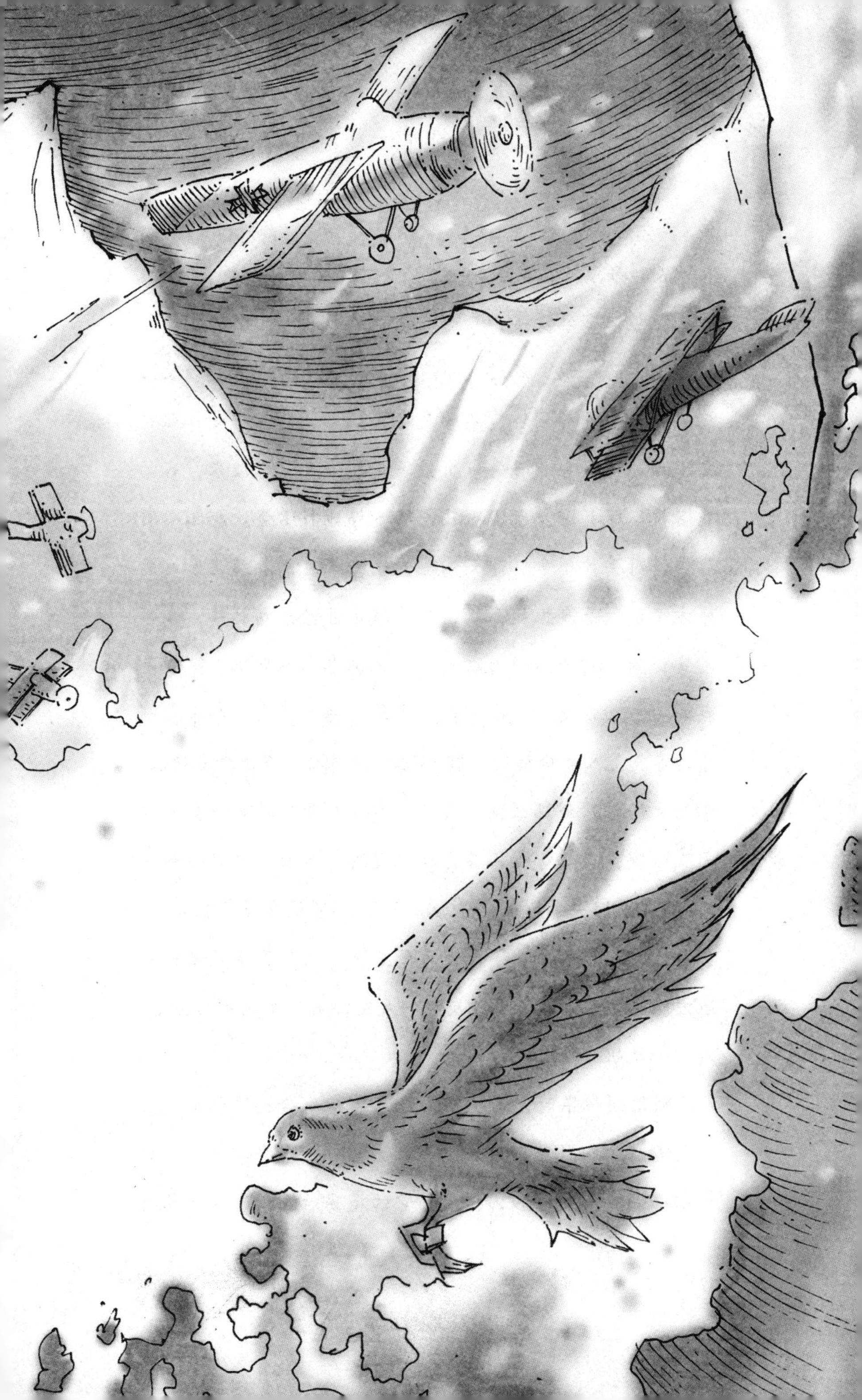

彩虹鸽
GAY-NECK

我和希亚被放飞了，身上还各自带着情报。没飞多远，我们就被浓雾吞没了，顿时两眼抹黑。又冷又湿的雾气笼罩了周围的一切，不过我早有预料。我照着以前的经验来应付眼下所处的困境，不管是在战场上还是在印度，照样奋力往高处飞去，可是每次最多只能上升三十厘米，我的翅膀被雾气打湿，喉咙也被呛得不停地打喷嚏。我担心自己会随时丢掉小命。谢天谢地，我终于可以看到几米远的地方了！于是我振翅高飞，可是眼睛开始感到刺痛。我顿时意识到，我必须闭上眼膜才能保证自己不失明。眼膜是我的第二层眼皮，我能穿越沙尘暴可全靠它。原来，刚才的雾气是人类释放的浓烟，不仅气味刺鼻，还会灼伤双眼。难怪我的眼睛会那么痛，就好像有人在用针扎我一样。我闭上眼膜，屏住呼吸，奋力往上飞去。希亚也跟我一起飞了起来。浓烟快把希亚呛得无法呼吸了，不过它并没有放弃。最后，我们终于冲出了那有毒的浓雾，飞到了空气新鲜的地方。我睁开双眼，透过灰色的天空，看到了远处的营地。我们一起朝目的地飞去。

刚飞到一半时，又冲出来一只可怕的绘有黑色十字的机器老鹰，它居然朝着我们吐出火舌——啪啪，啪啪，劈啪啪……我们拼命躲闪，飞到它的尾翼后面，这样它就打不到我们了。想象一下我们飞到机器老鹰尾巴上空的情景吧，它对我们束手无策。它转圈我们也转圈，它翻筋斗我们也翻筋斗。如果不扭动尾翼，它就没办法改变方向，在这点上，机器老鹰一点儿也比不上真的老鹰，它的尾巴硬得像条死鱼。我知道，一旦转到它的正面，我和希亚肯定会被它打死。

时间飞快地过去，我们不能总跟在机器老鹰屁股后面转，罗塞尔达和我的朋友们还困在被毒气笼罩的村庄，我们必须尽快将情报送达，才能将他们营救到安全地带。

就在那时，机器老鹰耍了一个花招，它掉头朝自己的营地飞去。我们可不想继续跟在它后面闯入敌人阵地，遭到狙击手的伏击。眼前就是我们的营地，再走一半路就到了。于是我们放松了警惕，转身飞离了机器老鹰，以最快的速度向前飞去，每扇动一次翅膀，就升得更高些。刚飞不远，那只可怕的怪物又掉头追了过来。幸好，它过一会才追得上我们。毫无疑问，我们已经进入了自己的领地上空。可那只怪物上升到与我们同样的高度，子弹像雨点一样密集地朝我们飞过来——啪啪、劈啪啪！我们不得不左右躲闪，并且开始俯冲。我让希亚在我的下方飞，以便我用自己的身体保护它，可接下来的一切如同命中注定。不知道从哪

儿又钻出一只机器老鹰，幸好它是朝着敌人射击而不是我们。我们立刻放松下来，开始并排着飞翔。突然，一颗子弹嗖地从我身边飞过，击中了希亚的翅膀。可怜的希亚就像一片银色的树叶一样旋转着掉了下去，还好，落在了我们的营地上。看到希亚已经阵亡，我以闪电般的速度向前飞去，根本无暇顾及那两只老鹰的决斗。

一抵达营地，我就被带往总司令那里。他拍了拍我的脊背。平生第一次，我意识到自己传送的是一份多么重要的情报。年老的司令官刚一读完纸条上的字，便拉响了一种能发出丁零零声音的奇怪装置，并举起一个大喇叭朝着里面哇哇大叫起来。冈得把我带回了巢，我趴在里面，不由得回想起希亚。这时，我身下的大地剧烈地晃动起来，数不清的机器老鹰像蝗虫一样飞上天空，咆哮着、轰鸣着。地面上，无数的铁狗轰隆隆地狂吠。紧接着，犹如森林中所有猛虎一起疯狂咆哮一般，低沉的炮声隆隆地响起。冈得拍拍我的头说："你使光明和白日重现。"可我根本没见到一丝光亮，天空一片灰暗，死神就盘绕在那里，发出巨龙一样的嚎叫，仿佛要将全世界都捏碎。如果你看到下面这一幕，就会知道这里的情况有多糟糕。第二天早晨，当我在营地附近练习飞翔的时候，我发现离我的巢不到两公里的地方,地面被炮弹掀了个底朝天,老鼠和田鼠都未能幸免,它们遭到了集体屠杀,尸体被炸得四分五裂。噢,真是惨不忍睹!我感到异常难过,希亚也已经死了,我是多么孤单,多么疲倦!

第六章

最艰险的任务

十二月的第一个星期,冈得和彩虹鸽被派去独立完成一次侦查任务。他们的目的地是距伊普尔、阿尔芒蒂耶尔和阿兹布鲁克不远的一个森林。打开法国地图,从加莱往南画一条直线,就会碰到英国和印度军队曾经驻扎过的几个地方。在阿尔芒蒂耶尔附近,有许多信奉伊斯兰教的印度士兵的墓地,却没有信奉印度教的士兵的墓地。自古以来,印度教都实行火葬。尸体火化后不占用墓地,他们的骨灰被撒向空中,人死后不会留下任何痕迹,也无需后人来祭拜。

言归正传,冈得和彩虹鸽被派往阿兹布鲁克附近的一处森林,森林前方就是敌营,他们的任务是找到敌方地下军火库的确切位置。如果得手,那么冈得和彩虹鸽,或者独自上路,或者结伴同行,带着绘制好的地图回到英军总部。

在一个晴朗的清晨,彩虹鸽被带上飞机,在一片森林上空飞行了三十公里,这片森林一部分由印度军队驻守,另一部分则归德国军队管辖。飞过德国辖区的上空时,彩虹鸽被放飞了。它飞越了整片森林,等到熟悉了地形以后,又飞回了驻地。这样做的目的是让彩虹鸽熟悉飞行路线,并对要去完成的任务有一个初步了解。

由于这个地区的纬度比纽约还要高十度,所以彩虹鸽和冈得出发的那天下午,大约四点钟太阳就落山了。老冈得穿上他最暖和的棉衣,将彩虹鸽藏在衣服里面,一切准备妥当之后,他们出发了。他们乘坐的是一架救护飞机,一直飞到印度军队设在大森林里的第二道防线。漆黑的夜色之中,在情报人员的带领下,他们向前沿阵地进发了。

很快他们就飞到了无人区。那里碰巧有一片森林,大多数的树木还没有被炮火摧毁。老冈得既不懂法语,也不懂德语,英语就会三个词:"好""不好"和"非常好"。而现在,这个语言不通的家伙得独自前往森林,找出德军的地下军火库。陪伴他的,只有衣服下面藏着的彩虹鸽。

老冈得首先得了解当前的环境,在地理环境方面,那

127

片森林的气候和喜马拉雅山的冬天相似,树枝光秃秃的,地上厚厚地覆盖着秋天凋零的树叶和霜冻。因为树叶已经落光,没有了任何遮蔽,冈得很难在森林里隐蔽好自己。夜色漆黑,森林里阴冷无比。不过冈得拥有一项常人没有的本领,那就是在黑暗中辨别物体和方向的能力。他的嗅觉灵敏如野兽,他知道怎样才能穿越无人区。更幸运的是,当晚一直刮着东风。

冈得在树干之间穿行,以最快的速度接近目的地。当德国士兵靠近时,冈得灵敏的鼻子会提前预知敌情,整个人会像猎豹一样爬上树藏起来,静候时机。德国士兵连一丝声响也没察觉到。如果是在白天,冈得早就被发现了,因为他一直光着脚在结冰的地面上行走,脚上早就流血了,在自己身后留下了串串清晰的血脚印。

途中冈得遭遇了一次极为惊心动魄的场面。当他爬上树坐在一根树枝上,静候德国士兵从树下经过时,他听到从另一根树枝上传来了低语声。冈得马上意识到那是一个潜藏在树上的德军狙击手,他赶紧低下头,认真地聆听。那个德国人说了句"晚上好",就跨过树枝滑下了树。德国士兵无疑是将冈得当成了自己的同伴,以为是前来和他轮换岗位的。过了一会儿,冈得也从树上溜了下来,并沿着德国士兵的脚印往前走。尽管周围一片漆黑,可是冈得的光脚依然能感觉到路面上人们踩过的脚印,这事对冈得来说就是小菜一碟。

最后冈得来到了一个有许多敌军的露营地,他只能悄悄地绕过他们身后,并加紧赶路。突然,他听到脚边传来了奇怪的声音,冈得停下脚步认真听。没错,正是那种熟悉的声音!他耐心地等着它走近。有个动物啪嗒啪嗒地走了过来,冈得朝着声音传来的方向走去,听见一声低沉的咆哮。冈得非但不怕,反而喜出望外。一名曾在猛虎出没的丛林中度过无数个夜晚的猎手,当然不会害怕野狗的咆哮。很快,两只发着红光的眼睛出现在冈得面前。冈得仔细闻了闻空气中传来的气味,啊,这只狗身上没有一点儿人的气味,这充分证明它是只野狗。那只狗也探出鼻子嗅着气味,想弄清楚自己面前到底站着个什么生物。因为冈得身上没有散发出因恐惧而产生的气味,所以野狗居然上前一步,在冈得身上蹭来蹭去,用鼻子使劲嗅来嗅去。它的鼻子刚好碰到了彩虹鸽,鸽子的气味随风吹送到它的鼻孔里,于是野狗断定站在它面前的这个人是一个善良无害的家伙。野狗摇着尾巴,呜呜呜地叫着。冈得没有抚摸它的头,而是伸出手去让狗看和闻。紧张的时刻到来了,狗

会咬他的手吗？又过了一会儿……野狗舔了舔冈得的手，高兴地呜呜叫起来。冈得暗想：这是一只没有主人的猎狗。也许它的主人已经死了，可怜的家伙只能像一匹狼一样在野外生存，靠着掠食一点德军的补给为生，因为它明显没吃过人肉，这就好多了。

冈得轻轻地吹了一声口哨，这是全世界的猎人世代通用的呼叫口令，意思是"在前面带路"。野狗果然跑到前面开始带路，它熟练地绕过德军的露营地，动作敏捷得如同一只雄鹿溜过老虎的巢穴。绕行了几个小时后，他们抵达了目的地。冈得准确无误地发现了德军的地下军火库，而且还意外地找到了他们的食物补给站。引路的狗从一个暗藏的洞里钻进去，半小时后，它叼着一大块肉出现在洞口。冈得凭着气味判断那是牛肉。野狗把它的晚餐放在结了霜的地面上，开始享用。冈得则将肩上一直挂着的靴子取下来，穿好以后观察四周的动静。根据天上星星的位置，冈得判断出了自己所处的方位，他安静地在原地等待了一段时间。

天渐渐亮了，冈得从衣服口袋里取出指南针，好样的，他十分有把握画出目的地的方位图。就在那时，野狗突然跳出来咬住了他的外套。它似乎希望继续带领冈得到某个地方去。它走在前面，冈得紧随其后，很快他们就来到了一个覆盖着厚厚的荆棘和结了冰的藤蔓的地方。这样的路恐怕只有动物才能爬了进去，野狗匍匐着从长满尖刺的荆棘丛下爬了进去，转眼就消失无踪了。

冈得画了一幅星星的方位草图，并画出了指南针指示的准确方位。他将图纸绑在彩虹鸽的脚上，然后放飞了它。冈得目送着彩虹鸽从这棵树飞到那棵树——彩虹鸽总会在树上停留片刻，梳理梳理羽毛，再继续飞往另一棵树。过一会儿，彩虹鸽还会用喙整理整理脚上绑着的地图，仿佛想确认情报是否系牢了。然后它就飞到最高的一棵树上，蹲在上面开始观察地形。

就在冈得举头观望的时候，他感到有什么东西在拽他。冈得低下头看向脚边，野狗正将他往荆棘丛下的一个洞里拉。冈得弯下腰，趴在地上，跟着向导往里爬。突然，他听到了翅膀扑腾的声音，接着传来一声枪响。冈得已经无暇爬起身来看看彩虹鸽到底是死是活，他继续往里爬，洞口狭窄，他觉得自己的胃都已经和后背挤到了一起。他继续匍匐着朝前挤去，突然就滑了下去，掉进了一个两米多深的洞穴中。里面一片漆黑，可是冈得顾不上这么多了，只是使劲揉着自己撞得淤青的脑袋。

直到最后，冈得才明白自己到了哪里，原来那是一个

结了冰的水坑。那地方活像一个贼窝,被密不透风的荆棘灌木丛覆盖着。即便到了冬天,灌木和藤蔓上的树叶早已掉光,洞里面还是会连白天都是漆黑一片。野狗继续追随着冈得,正是它将冈得带到了安全的地方。可怜的野狗因为有了喜欢的朋友相伴而满心欢喜,它希望冈得陪着自己一起玩耍,可是冈得因为过度疲乏很快就坠入了梦乡,而此时不远处依旧枪声四起。

三个小时以后,野狗突然呜呜叫了起来,随即发疯似的狂吠不止。没过多久,可怕的爆炸声响了起来,地面开始使劲晃动。野狗无法忍受这种巨响,便使劲咬着冈得的袖子不松口。爆炸声一阵高过一阵,冈得栖身的洞穴像个摇篮似的摇来晃去,即使是这样,他也不愿意离开这个藏身之地。他自言自语地说:"喔,彩虹鸽啊,你这只无可比拟的信鸽,你多么出色地完成了任务,定是你把情报顺利送达了长着樱桃色脸庞的司令官手中,这就是他雷鸣般的回应声。啊,你就是飞鸟中的珍珠!"冈得就这样一直喃喃自语,而在洞外,飞机空投下来的炸弹引爆了德军的地下军火库。

一直拖着冈得的衣袖往外拉的野狗,此时突然呜呜低鸣,全身发起抖来,就像发高烧时的症状。原来是有一样东西飞了过来，砰地落在了附近。野狗绝望地长啸一声，跃出了地洞。冈得也紧跟其后，可惜太晚了。他的身子才爬出来一半，震耳欲聋的爆炸声就响起了，那声音仿佛将冈得脚下的地面切成了两半。一阵剧痛向冈得的肩膀袭来，他被一股巨大的力量抛了起来，又重重地摔回地面。冈得只觉得眼冒金星，眼前一黑便晕倒过去。

一小时以后，冈得苏醒过来，一睁开眼睛，就听到耳边传来了印度语。为了更清晰地听到自己的乡音，冈得努力抬起头。可是他立即感到了一阵剧痛，就像有成千上万条毒蛇在噬咬着他。冈得明白自己中弹了，也许还会失去性命。可一听到周围的人在讲印度语，冈得就欣喜不已，这意味着是印度军队，而不是敌军攻占了这片森林。他欣慰地喃喃自语："啊，我终于完成任务，死也瞑目了。"

第七章

危险境地

执行任务的头一晚，我几乎彻夜未眠。冈得根本不知道我是醒着的。你想想，冈得跑起来像只敏捷的公鹿，爬起树来像只松鼠，甚至还要捡条野狗回来做伴，躺在这样一个家伙的怀里，你说我怎么睡得着……冈得的心脏跳得嘭嘭响，恐怕几米之外都能听到。除了这个，还有另一个原因也让我在这逼仄的空间里无法合眼——他的呼吸毫无规律，有时猛吸一口长气，有时又呼哧呼哧急促地喘，就像被猫紧追不舍的老鼠一样。我宁愿在暴雨天露天睡觉，也不愿意待在这样一个家伙的外套里面。

还有那条野狗！我一辈子也忘不了它。冈得刚碰到野狗的时候，我惊恐万分，幸好，它没闻出我的气味。不过空气里传来的气味却告诉我，虽然这条狗给我的感觉像个轻飘飘的幽灵，但是它对我们是毫无恶意的。我永远都不会忘记它的脚步声传来的那一刻。它步履轻盈，走起路来像只猫。它一定是只野狗，因为在城市里待过的狗都很吵闹，它们根本学不会静悄悄地走路。只要和人类待在一起，什么动物都会堕落——猫是个例外。在人类社会中生存的动物总会变得大大咧咧，粗鲁聒噪。而那条狗是一只地道的野狗，它走起路来毫无声响，就连呼吸也是悄然无声。那我怎么会知道它在旁边呢？是飘上来的气味暴露了一切。

　　经过一个难熬的彻夜未眠的夜晚之后，冈得终于把我放飞了。可是我已经认不出来他是在什么位置将我放飞的，于是我从一棵树飞到另一棵树以找到自己的方位，可是这样子耽误时间让我十分担忧。因为此刻天已大亮，树上到处都是敌人虎视眈眈的眼睛，那些陌生的蓝眼睛正透过望远镜监视着四周。有个士兵就在旁边的树梢上，距我仅有一步之遥，但他并未察觉到我的到来。那会儿周围正枪炮声四起，那些铁狗噼里啪啦地发出嘈杂的响声。

　　可是当我飞起来的时候，那人看到了我。若不是我赶紧飞进树丛里藏起来了，他说不定就会射中我了。果然，

那人接二连三地朝我开枪了,还好我躲在羊毛一般浓密的灌木丛里。我决定接下来从一棵树跳到另一棵树上去,不到安全区域绝不起飞。我就那样跳了半小时,才前进了不到一公里。最后,我的脚累得实在没劲了,我决定飞起来,管他危险不危险。

真是幸运,没有人看到我飞起来。在空中兜了个大圈后,我飞上了高空。从我的位置俯瞰下去,森林中的大树看起来就像小树苗一样小了。我朝四周警觉地观望着,发现从东边飞来一大群飞机,在曙光映照下,发出闪闪金光。我不能再犹豫了,不然敌机就会朝我冲过来。于是我开始往西边飞,不料又被树上上千名的狙击手盯上,他们朝我开火了。

当我在他们所在的树上空盘旋时,这些德国人还无法确定我是不是他们的信鸽,可就在我往西边飞的那一刻,他们立刻就意识到我一定是敌方的信使,疯狂朝我扫射起来,想把我击落,看看我的脚上到底绑着什么情报。

天气太冷了,如果我再继续高飞,一定会被冻僵,可是,我也不能让敌人的飞机瞄准我。于是我决意继续往西飞,敌军的子弹再次在我面前织成死亡之网。可我别无选择,要么拼死冲出去,要么被追来的敌机射死。敌机越飞越近,我都看得到飞机里的人了,我拼命朝西边冲去。老天保佑,我一个月前受伤的尾巴现在已经重新长出了羽毛。如果没有尾羽的话,完成任务的难度就会加倍。我努力向我们的营地飞去,敌人的火力更猛了。毫无疑问,所有的狙击手和战壕里的士兵都在朝我扫射。我沿着"之"字形路线左右突围,在空中盘旋,空翻旋转,用尽了我所有的特技和小花招,来迷惑狙击手和密集的子弹。这些花招很费时间,在我弯弯绕绕飞行的时候,一架敌机就趁机追了上来。面对我这么小的目标,敌机毫不吝啬它的子弹,它在我的上方和后方开足了火力使劲扫射。没有其他办法,我只能继续向前飞。冲啊,我以疾风般的速度朝前冲去。哒哒哒哒哒哒!我中弹了!我的大腿根受伤了,绑着地图的那只脚立刻耷拉下来,我就像落入鹰隼魔爪的小麻雀。噢,太痛了!可我根本无暇顾及疼痛,因为敌机还在穷追不舍,我只有艰难地向前飞去。

　　我们的营地终于出现在我的视线里。我开始下降,敌机也跟着俯冲。我试着空翻,可是根本不行。我的伤腿让我什么花招都耍不成了。啪啪啪啪啪,枪声不断,我的尾巴也被打中了,羽毛纷纷飘落,它们模糊了敌军的视线。趁着这个机会,我沿着一条斜线朝我们的营地冲了下去,

137

可不小心飞过了头,只好又绕回来。紧接着,我看到了一个奇怪的场面——敌机被我们的人打中了,它摇摇摆摆、歪歪斜斜地栽了下去。可是就在坠落之前,卑鄙的敌机又冲我下了毒手——它撞断了我右边的翅膀。看着它在空中熊熊燃烧并坠毁,我暗自觉得痛快解气。剧痛朝我袭来,仿佛有二十只秃鹰在撕扯着我,可是谢天谢地,我突然就失去了知觉,不知道痛苦,也感觉不到快乐,只觉得一股大山一样重的力量将我往下拽去……

我被送到战鸽医院住了一个月,医生接好了我的翅膀,缝好了我的断腿,将其复位。但他们没办法让我重返蓝天。不知道怎么搞的,每次我一飞起来,耳边就传来可怕的枪炮声,眼前就仿佛有子弹嗖嗖飞过。于是,我一下子就被吓得冲回地面。你会说,那不过是对枪炮和子弹的一种错觉,也许是的,可是它们给我的感觉就像真的一样,我的翅膀会变得瘫软无力,全身上下都在颤抖。

还有一个原因:冈得不在身边,我一点也不想飞。我怎么能站在一个没有长着蓝眼睛,皮肤也不是棕色的人的手臂上起飞呢?这是我根本不认识的陌生人,我们鸽子对生人可没兴趣。最后,他们只好把我装进笼子,带到冈得住的医院里,让我留在他身边。第一眼看到冈得,我差点都没认出他——他的眼睛里充满了恐惧。这一次他肯定也被吓得够呛。我知道恐惧的表情是什么样子的，所有的鸟兽都知道，我从心里为冈得感到难过。

可是一看到我，冈得高兴得眼睛一亮，眼神里的那种恐惧顷刻消失了。他从床上坐起身来，将我放在手心，亲吻我受伤的脚，那传送过他发出的情报的双脚。接着他拍了拍我的右翅，说道："你忍受剧痛为主人和他的朋友们传递情报，你替所有的鸽子和印度军人赢得了尊敬。"冈得再次亲吻了我的伤脚。他的谦卑感动了我，我自知比他差远了。飞机撞断我的翅膀后，我是侥幸才落入我方营地，如果换成了德军的战壕，后果不堪设想……他们会抓住我，拿走我脚上绑着的情报，随后就会包围冈得和那条野狗藏身的森林——想想这些，我就不由得浑身颤抖。天哪，还有那条野狗，它是我们真正的朋友，是冈得的救命恩人，它如今又在哪儿？

第八章

寻找勇敢的心

冈得接过话头说:"那条狗以前的主人可能是个法国人,在战争刚开始不久就阵亡了,兴许也是被德军打死的,德军还将他的家洗劫一空,一把火烧了他家的仓库。惊恐万状的狗逃进树林,藏身在浓密的荆棘丛中,远离了追捕者的视线。它的藏身之地很宽敞,有间小屋子那么大。里面漆黑阴森,像个墓穴一般。这条狗变得只在夜间才出来寻找食物,由于天生是一只猎犬,所以日复一日的野外流浪生活让它迅速恢复了野性。

"这条狗遇见我的时候,我的平静让它惊呆了。我的身上没有散发出任何恐惧的气味,我也许是它数月以来碰到的第一个不惧怕它的人，其他人本能的反应估计都是害怕它向他们发起攻击。

"当然，野狗认为我也和它一样饥饿难耐，正在四处觅食，所以它才会把我带到德军的食物补给站。通过一个地下通道，它爬进了巨大的食物仓库——一座堆满食物的金矿——并叼了一大块肉来给我吃。于是我断定，德军一定在这个地方挖了不少地窖来储藏各种宝贝，不光储藏粮食，还有油料或者炸药，我就把这些情况如实画在了地图上。感谢上帝，事实证明我的推断是正确的。好了，我们来换个话题吧。

"跟你说句真心话，我厌恨讨论战争。你看，夕阳映红了喜马拉雅山，为珠穆朗玛峰披上了金色的霞光，让人内心平静。

随后，冈得默默地离开我家踏上新的旅程，他要从加尔各答去新加里拉附近的喇嘛庙。在我讲述后面这段历险之前，我必须先告诉读者冈得是怎么从法国战场转移到我家里来的。

一九一五年二月末的时候，孟加拉军团的团部确定彩虹鸽无法再继续执行任务了。作为彩虹鸽的指挥者，冈得并不是军人。除了老虎和豹子，他这一辈子还从未杀过生。

141

当时冈得的伤势过重,便和彩虹鸽一起因伤退役,被遣送回了印度。三月,他们回到了加尔各答。当我看到他们俩的时候,简直无法相信自己的眼睛:冈得和彩虹鸽都面带恐惧,身体极度虚弱。

将我的鸽子交还给我以后,冈得才启程前往喜马拉雅山。他向我解释了一些事情,他说:"我需要疗伤,我得驱除内心的恐惧和怨恨。我目睹了太多人类相互残杀的惨烈场面,我之所以退役,是因为我得了一种重病——恐惧症。我得独自一人回到大自然,去疗治我的病痛。"

而我也在竭尽全力地医治彩虹鸽。彩虹鸽的太太和已经长大的小鸽子都帮不上忙,小鸽子视彩虹鸽为陌生人,因为彩虹鸽对它们表现出了一副漠不关心的模样。不过它太太倒是对它非常热情,只是也无法使彩虹鸽再次飞上天空。除了偶尔跳几下,彩虹鸽一动也不想动,任何刺激都无法激励它重返蓝天。我请最好的鸽子医生来帮它诊断,可是医生说彩虹鸽的翅膀和腿都已经没事了,它的骨头和双翼也都是完好的,伤病已经痊愈,可彩虹鸽就是不愿意飞。它甚至不愿意张开右边的翅膀,除了跑和跳外,彩虹鸽习惯了保持单脚站立的姿势。

我本来也不太在意这个事情,可是彩虹鸽和它的太太偏偏在这个时候又开始筑巢,准备孵蛋。四月中旬,暑假开始的时候,我收到了冈得写来的信,信里这样写道:"你的彩虹鸽现在不适合繁衍后代,如果现在母鸽已经产蛋,请一定将蛋毁掉,不论如何都不能将这样的蛋孵化——一个患有严重恐惧症的父亲,只会带来体弱多病的孩子。把彩虹鸽带到我这儿来。我的病现在已经明显好转,快带它来,那位圣洁的喇嘛想要见你和彩虹鸽。还有,那五只燕子这个星期已经从南方飞回寺庙了。他们一定能让彩虹鸽转移注意力,让它重获幸福!"

我听从了冈得的建议,将彩虹鸽和母鸽分别放在两个不同的鸽笼里,向北进发了。

春天的群山和秋天是多么不一样啊!这次的决定很仓促,导致我的父母比往年提前了几个月搬进丹特姆的住宅。我们在那里一直住到四月的最后一个星期,接着,我就带着彩虹鸽,坐着一辆西藏马拉的马车前往新加里拉。我把母鸽留了下来,目的在于刺激彩虹鸽。一旦彩虹鸽康复了,自然会在第一时间回来找母鸽,毕竟母鸽是那个让彩虹鸽随时魂牵梦萦的对象啊!冈得认为彩虹鸽一定会回来找母鸽,帮助母鸽孵化那些新生下来的蛋。其实那些蛋在我们出发前,就被我父母偷偷处理掉了。因

彩虹鸽
GAY-NECK

为我们不想让体弱多病的小鸽子出世，那会辱没彩虹鸽的一世威名。

我把彩虹鸽放在肩上，整个白天它都在上面休息。晚上为了安全起见，我将它锁在笼子里。事实证明这么做是对的。每天长达十二小时的日光浴和新鲜空气补给，让彩虹鸽迅速增强了体质。可它还是懒洋洋地蹲在我肩膀上不动，根本就没有一点回去帮自己的配偶孵蛋的意思。

春天的喜马拉雅山风景独特。大地被雪白的紫罗兰照亮了，成熟的覆盆子点缀其中。潮湿的峡谷中，各种蕨类植物丛生，仿佛正伸出它们长长的手臂拥抱洁白的群山，而群山是镶嵌在湛蓝天空中的奇珍异石。浓密的森林里，到处都是低矮的橡树，高大的榆树、雪松和栗树，繁茂的枝叶遮天蔽日。它们相互依偎着，树枝层层叠叠，根连着根，彼此争夺着阳光和生存的机会。成群的野鹿躲在阴暗的树荫底下，在茂盛的草丛中啃食野草和树上的嫩枝，它们中的一些注定会成为豺狼虎豹的腹中之物。这个地方无处不是生机盎然，不论是鸟兽还是植物，都在为了生存暗暗展开激烈的斗争，这就是自然界中充满矛盾的生存法则，即便昆虫也无法幸免。

我们钻出黑漆漆的森林，便进入了一个开阔的地带。

热辣辣的阳光猛地射进我们的眼睛，就像刀子一样。无数蜻蜓在空中飞舞，翅膀颤动着散发出闪闪金光。蝴蝶、麻雀、知更鸟、松鸡、鹦鹉、印度歌雀、松鸦和孔雀等，或是在树丛中，或是在山峦之间婉转鸣唱，互相嬉戏追逐。

我们所处的开阔地带，左边是茶园，右边是松树林。沿着一道斜坡往上走，路面笔直得仿佛被刀裁过一样。空气稀薄，让人呼吸困难，在这样空寂的山林里，声音和回响可以传得很远，即便是窃窃私语几米之外也能清晰听见。除了有规律的马蹄声，所有的人和动物都默默走着，对山野的静谧肃然起敬，不忍破坏这份宁静。湛蓝的天空依旧万里无云，纯洁无瑕，偶尔有北飞的鹤群发出扇动翅膀的呼呼声，或者是老鹰倾斜身子俯冲所带出的低沉风声。周围的一切都是那么冷峻，充满灵气，散发勃勃生机。一夜之间，兰花尽数开放，睁开了它们紫色的眼眸，金盏花上挂满清晨的露珠。山下的湖水中，蓝色和白色的莲花悄然绽放，引来蜜蜂无数。

我们离新加里拉已经不远了。山坡上的喇嘛庙露出了屋顶，仿佛在召唤我们。尖尖翅膀一样的房顶和历史久远的墙壁，犹如天际中飘着的旗帜。我不由得加快了脚步，只用了一个小时就爬上了庙宇门前陡峭的小路。

来到这群远离尘嚣和争斗的喇嘛身边,让人顿觉神清气爽、心情放松。时值正午,我和冈得穿过一片香脂树组成的森林,前往谷底的温泉边沐浴。就连彩虹鸽,我们也将它洗得干干净净。把彩虹鸽喂饱以后,我和冈得就往斋房走去,喇嘛们早就在那里等候了。斋房的柱廊看上去是黑檀木做成的,柱子上面雕着金色的龙。柚木房梁因为岁月久远,颜色已经发黑,房梁上的雕饰清晰可见,硕大的莲花深深印刻在木梁之中,形态纤弱柔和似茉莉,坚固程度却似金属。地板由红砂石铺就,众喇嘛穿着橘红色的袍子坐在上面静坐。

我走上前,向住持行礼。严肃的住持脸上绽放出微笑。向其他喇嘛行完礼以后,我和冈得围着饭桌坐下了。这饭桌是由许多小木凳拼成的,高度差不多到我们的胸口。在如此炎热的天气之中走了一天,能坐在冰凉的石头地面上真是舒服。我们吃了扁豆汤、炸土豆和咖喱茄子。我和冈得都是素食者,没有吃桌上的鸡蛋,最后我们喝了两杯热腾腾的绿茶。

吃完饭后,住持邀请我们和他一同午睡。我们和他一起爬上最高的崖壁,那里有一个像鹰巢一样的洞穴,顶端长着一丛冷杉树。洞里没有家具,连根木棍都见不着，整个洞穴空空如也。我们还从来没见过这样的卧室。等我们坐好，这位老喇嘛说道："我们希望任何地方都和平安稳，可是战争依旧持续，就连鸟兽都被传染上了恐惧和憎恨。精神层面的疾病比肉体上的疾病蔓延得更迅速。人类不久就会被恐惧、憎恨、猜忌和阴谋所吞没。想要彻底摆脱这些罪孽，至少要等到下一代了。"

说完这番话，无比伤感的喇嘛紧紧皱起眉头，嘴角疲惫地耷拉下来。尽管远离战争的喧嚣，但是与那些发起战争的人相比，他能更深切地体会到人类所犯下的罪孽。

不过喇嘛很快转悲为喜，他话题一转，说道："让我们来谈一谈彩虹鸽和冈得吧。如果你希望你的鸽子重新飞上宁静的天空，你必须静坐冥想，为它争取无限的勇气，正如冈得这段时间一直坚持做的一样。"

"我怎么办得到呢，大师？"我急迫地问道。住持的脸红了。毫无疑问，我的问题太过直接了，令他感到尴尬。我开始为自己的莽撞感到羞愧，直接和急迫都属于卑下的表现。

喇嘛好像看穿了我的心思，赶忙安慰我说："每个

黎明和黄昏，将彩虹鸽放在你的肩上，放空自己。如果你能坚持这样做，终有一天，你会变得波澜不惊，你的内心将不再会有恐惧、怨恨和猜忌，你的力量会传递到鸽子身上，赋予它勇气。凡是那些能使自己的心灵变得无比纯净的人，都能给世界注入无穷的精神力量。"

喇嘛停顿片刻，接着说道："最了解动物的人当属冈得，他曾跟你说过，正是我们自身的恐惧会导致动物对我们进行攻击，现在你的鸽子内心惊恐万分，所以才认为天空中处处暗藏危机。就连树叶的颤动也会令它惶恐不安，一团投下来的阴影也会吓破它的胆，因此，彩虹鸽所有的烦恼都来源于它自己。

"此时，我们下面的那座村庄，你在这里就看得到的西北边，村民们也正遭受着和彩虹鸽一样的痛苦。现在正值动物北迁的季节，所有的村民都惊恐不已，他们拿起老式火枪准备四处猎杀野兽。你看，动物们也奋起反抗，尽管它们以前从没这样做过。野水牛吃光了他们的粮食，猎豹叼走了他们的山羊，听说昨晚还有头野牛杀死了一个村民。尽管我反复告诉他们，要静坐，消除内心的恐惧，可他们就是不听，依旧我行我素。"

"噢，我的精神导师，您为什么不派我下山去除掉那些野兽呢？"冈得问道。

"现在还不行。"喇嘛回答，"你清醒的时候，已经不再有恐惧，可是这个恶魔依旧在梦中缠绕着你，让我们再静坐数日，到时候你的内心会无比平和。到那时你就可以下山去帮助他们了。"

第九章

鸽中之王

遵照住持要求的方式，我静心虔诚地打坐了十天。十天之后，他召唤我和彩虹鸽过去。我把彩虹鸽放在胳膊上面，爬上了他住的洞穴。住持的脸平时是蜡黄色的，可是今天却散发着古铜色的光芒，一双杏眼炯炯有神，镇定而有魄力。他把彩虹鸽放在自己手里，念道：

愿北风治愈你的伤，

愿南风治愈你的痛，

愿东风和西风愈合你的伤口。

让恐惧远离你，

让怨恨远离你,

让猜忌不再困扰你。

愿勇气如同激流彻底涤荡你的心,

让平静充盈你的身体,

宁静和力量成为你的双翼。

你的眼睛将闪耀勇敢的光芒,

力量和勇气永驻你心!

你的伤口已经愈合!

你的伤痛已经痊愈!

你已经恢复健康!

平静、平静、平静……

我们静坐冥想,反复默念这段话,一直到太阳落山,晚霞映红喜马拉雅群峰,将我们周围的山谷、沟壑和树林罩上紫色的余晖。

彩虹鸽慢慢地从住持手中跳下,走出山洞门口,凝视着落日。它张开左边的翅膀,停顿片刻之后,又十分小心地缓缓张开右边的翅膀,一根一根地展开羽毛,一点一点地绷紧肌肉,之后,它的右翅终于像帆一样鼓了起来。可是它并没有立即起飞,也没做什么让我们吃惊的举动,而

是又小心地收起翅膀,仿佛那是两把珍贵而脆弱的扇子。当然,彩虹鸽非常熟悉向落日致敬的方式。如同庄严的神父一般,彩虹鸽步下台阶,从我们的视线中消失了。突然,我好像听到了翅膀扑腾的声音。我迅速起身,想到外面去看看情况,可是睿智的住持按下我的肩膀,叫我别轻举妄动。我看到他的嘴角流露出一丝神秘的微笑。

第二天早晨,我将这件事情告诉冈得,冈得讥讽地说:"你说彩虹鸽张开双翅是为了向落日致敬?那有什么好惊讶的。动物们都很虔诚,而人类却连这都不懂。我就曾见过猴子、老鹰、鸽子、猎豹,甚至獴向朝阳和落日表示敬意。"

"你能带我去看看吗?"

"可以,但不是现在,彩虹鸽还没吃早餐,让我们去喂饱它再说!"冈得回答。

我们来到鸽笼前,却发现鸽笼的门开着——彩虹鸽不见了。我一点也不惊讶,因为昨晚我压根就没给鸽笼上锁,来到寺庙后,我一直都是这么做的。可是它到哪儿去了?我们在主殿没找到它,就往藏经阁的方向走。在外面一处废弃的洞室里,我们发现了一些鸽子羽毛,冈得还在附近发现了黄鼠狼的脚印。我们俩心头一紧,但如果彩虹鸽已经被黄鼠狼咬死,那地面应该有血迹才是。那么,彩虹鸽

有没有逃脱？它怎么了？它在哪儿？我们在附近徘徊了一个小时，就在差点想放弃搜索的时候，附近传出了彩虹鸽的咕

咕声。它就蹲在藏经阁的房顶上,和它的老朋友燕子聊天,燕子们的巢筑在屋檐底下。鸽子咕咕地叫,燕子吱吱地回应。我高兴地朝彩虹鸽喊了起来,这是我平时召唤它吃食的信号:"啊呀——啊——哎!"彩虹鸽弯下脖子,专注地聆听着。当我又喊了一遍以后,它瞧见我了,啪啪啪地拍打着翅膀,从房顶上飞下来停在我的手腕上,双脚凉得就像小黄瓜一样。当清晨的第一抹光亮照耀大地之时,寺庙众僧前往正殿进行早祷,彩虹鸽一定是听到了他们的脚步声,于是从笼子里跑了出来,可是又不小心迷了路,来到了藏经阁外面废弃的房子里,遭到了一只傻乎乎的小黄鼠狼的攻击。老练的彩虹鸽用几根羽毛就骗过了小黄鼠狼。正当那个满心欢喜的小家伙冲进去想抓住彩虹鸽的时候,却只扑到了几根羽毛,而它的猎物已经冲向了蓝天。彩虹鸽在空中巧遇自己的老朋友燕子,后者正在朝初升的太阳行礼致敬。行完仪式以后,它们一同降落在藏经阁的屋顶,亲热地聊起天来。

就在那天,一个可怕的消息传到了寺庙之中。消息说,两位长者从村中的公共打谷场开会回来,正往家赶时,被一头野牛袭击了,两人都没能被救活。村民们派出代表来找住持,请求他为他们祈祷。老喇嘛听完以后,得以应允。

一同在场的冈得问道:"这头野牛骚扰你们有多长时间了?"村民代表们异口同声地回答说已经长达一个星期。每天晚上这头野水牛都来糟蹋粮食,地里差不多一半的粮食都被它吃光了。说完,他们下山去了。

村民们一离开,住持就对站在一旁的冈得说:"从未失败过的猎人,现在你已经痊愈,请下山去为民除害吧。"

冈得犹豫地回答道:"可是,大师,我……"

"冈得,别怕,你已经足够勇敢了。明天太阳落山以前,你一定会得胜而归,我对此深信不疑。我希望你能把这个男孩和这只鸽子一起带上。如果我对你还有所怀疑的话,就不会让一个只有十六岁的孩子陪你一起去了,去吧,正义一定能帮你杀死这头孽畜。"

那天下午我们一道出发前往丛林。对于能再次到丛林中过夜,我喜出望外。能和冈得、彩虹鸽重新聚在一起,共同搜寻野牛,我想想都高兴。地球上还有哪个男孩有这么幸运?

我将彩虹鸽放在肩上,和冈得一起带上绳梯、套索和刀,全副武装地出发了。那个时期,英国政府禁止印度普通市民使用枪炮,所以我们没有携带猎枪。

大约在下午三点,我们来到了那位于寺庙西北边的村

庄里。我们沿着野牛出没的踪迹，穿过茂密的树林和开阔的空地，不时趟过小溪，翻越庞大的倒树。野水牛的脚印清晰可见，深深地印刻于泥土之中。

冈得评论道："这头野牛的步伐如此沉重，充分说明它一定受到了过度的惊吓。通常情况下，动物们不会留下太多脚印，可是一旦惊慌失措，它们就会乱了阵脚，那种担心被敌人杀死的恐惧会让它们的脚步无形中沉重起来。这家伙留下的所有脚印都是如此之深，非常清晰，充分说明它已经被吓破了胆。"

最后，我们被一条湍急的河流挡住了去路。水流是如此汹涌，冈得说一旦我们伸脚进去，立刻就会被冲走。说来也怪，就连乱了阵脚的野牛，也没敢过河。我们沿着河岸寻找野牛更多的足迹。二十分钟以后，我们发现它的脚印渐渐偏离河岸，消失在深邃黑暗的密林中。尽管当时只是下午五点，这片密林却早已漆黑如深井。对于任何年龄的野牛来说，从这个地方跑到村子里顶多需要半个小时。

冈得问道："你听到水的歌唱了吗？"我认真地听了几分钟流水拍打河岸、冲刷河边水草的声音，听！流水声汩汩汩汩，仿佛有人在呻吟，最后，小河汇入了离我们六七米远的一个湖泊。冈得大声地说："那头凶残的野牛一定就藏在从这儿到湖边的某个地方，也许在哪儿打盹也说不定。我们去那边的孪生树上休息，天就要黑了，我保证野牛很快就会来这儿。我们可千万别站在树下，要是被它发现就完蛋了。这两棵树之间的狭窄空间，是四足动物无法进入的。"

冈得说的最后一句话勾起了我的好奇心，我走过去检测了一下两棵孪生树之间的空隙。两棵树又高又大，中间的间隔狭窄，仅容我和冈得并肩走过。

"现在我得脱下这件沾满恐惧的外衣，放在这两棵树之间。"接着，冈得脱下之前一直穿着的旧衣服，把它们放在地上，然后爬上了树。他爬上去以后，将绳梯扔了下来。我沿着绳梯往上爬的时候，彩虹鸽在我肩上扑腾着翅膀以保持平衡。我们都安全到达了冈得栖身的那根树枝上，夜晚近在咫尺，我们安静地坐在树枝上，观察着四周的动静。

在薄暮之中，首先引起我注意的就是鸟儿们。苍鹭、犀鸟、松鸡、野鸡、歌雀和绿宝石般的鹦鹉成群结队地在森林里飞来飞去。蜜蜂发出嗡嗡声，啄木鸟发出笃笃声，老鹰在高空长啸，夹杂着响彻天际的山洪奔涌声和野狼断断续续的嚎叫声。

我们栖身的树枝已经非常高，可是谁知道上面是否还

彩虹鸽
GAY-NECK

暗藏着猎豹或蟒蛇呢，所以我们往更高处爬去。经过近距离的观察，我们选好了两根树枝，把绳梯像吊床一样挂在了它们中间。刚刚安顿好，冈得朝我指了指天空。我马上抬头看去，只见一只长着红宝石般颜色翅膀的老鹰正在上空盘旋。尽管丛林中的黑暗已如潮水般涌来，我们的上空却如同彩虹般灿烂。这只孤零零的老鹰一圈又一圈地在火红的天空中盘旋，按照冈得的说法，这是老鹰在向落日致敬行礼。它的出现让森林里的鸟儿和昆虫顿时安静下来，尽管它离它们还远得不得了，飞鸟和昆虫却早已被吓得鸦雀无声，无声地朝拜着这个天空之王。而老鹰依旧在空中飞来飞去，专注地膜拜着光之神。渐渐地，它翅膀上的颜色褪去，开始往高处飞去，仿佛要将自己作为贡品献给心中之神。它继续朝着晚霞映照的山峰飞去，飞蛾扑火般消失在这灿烂霞光之中。

而在山下，野牛的吼叫声顷刻间将寂静的夜幕撕成碎片。虫鸣声再次响起，猫头鹰也在附近呜呜地叫了起来，躲在我怀里的彩虹鸽靠得我更紧了。突然，一只喜马拉雅夜莺（这是一种长相酷似夜莺的夜行鸟类），唱起神秘的歌来。曲调婉转低回，仿佛神仙在吹奏银笛，又仿佛雨滴从树枝倾泻，将宁静滴入泥土，渗进树根，一直蔓延到大地深处。

喜马拉雅山的初夏之夜难以描绘，它是如此甜蜜，如此静寂，让我沉醉。冈得又拿出一根绳子将我绑好，防止我从树枝上摔下去。我把头靠在他的肩膀上，这样会睡得更舒服些。可是冈得却跟我说起了狩猎计划："我丢在下面的衣服，是我以前内心充满恐惧时穿过的，上面也被染上了恐惧的气味。如果那头蠢牛闻到这股气味，它一定会被吸引过来，受惊吓的动物对这种味道很敏感。一旦它过来侦查这些衣服，我们就可以行动了，我希望能用套索套住它，让它像头听话的小牛一样被我们牵回家……"之后，我就沉入了梦乡。冈得后面还说了些什么，我一点儿也不知道了。

不知道睡了多久，突然，我被一阵恐怖的吼叫惊醒了。我睁开眼睛，发现冈得早就醒了，他帮我松开绑在身上的绳子，指了指树下。正是黎明时分，天色还暗，我一开始什么也没看见，只是清晰地听见愤怒的野兽所发出的呻吟和咕噜声。在热带地区，天亮得很快。我睁大双眼朝树下望去，随着光线渐强，我看见……毫无疑问，树下出现了一头小山一般的野兽，身子黝黑发亮，正在树干上蹭来蹭去。尽管大半个身子都隐藏在浓密的枝叶中，但据我目测，这头野牛少说也有三米长。它看上去简直就像从绿色熔炉中

炼出来的黑猫眼石,闪闪发亮,又像晨光映照下的鲜嫩绿叶。我在心中暗想:这头生活在大自然中的野牛看上去这么健壮,皮毛如丝绸般光滑发亮,完全不像动物园中的野牛那样皮毛暗淡无光,满身疥癣,肮脏邋遢。如果只见过关在笼中的野牛,谁能想到野牛本来有多美?可是大多数年轻人都只见过动物园里的动物,而无缘看到森林中的野生动物,所以他们对动物的印象也就由此而来,这是多么遗憾的事情啊!可以这么说,一只野生动物胜过一百只动物园里的动物。正如我们不能依靠观察囚犯来判断人类的道德水准一样,我们也不能根据牢笼中的动物来推断动物原本的模样。

不过,还是让我把眼光转回到树下这头凶残的野牛身上吧。彩虹鸽已经被我放飞,它在空中飞来飞去。我和冈得沿着绳梯一样的树枝,一点一点往下爬,不断逼近树下的野牛,离它只有半米了。野牛毫无觉察,冈得迅速将套索的一端拴在树干上。野牛还在树下独自玩耍,它不时用角挑起冈得扔在那里的破破烂烂的袍子。冈得的预测准确无误,正是人类的气息将野牛吸引而来。它的角是干净的,可是它的头上却还残留着新鲜的血迹。很显然,这个坏家伙昨晚又去村子里走了一遭,又杀害了另一条无辜的生命。

这下可激怒了冈得,他对我悄悄耳语:"我们来活捉这个可恶的家伙!你从上面把套索甩下去,套在牛角上面。"转眼之间,冈得已经滑下树枝,来到野牛身后。野牛被吓了一跳,可是它无法转身,因为它已经被两棵树紧紧夹在中间。它的右边是我刚才提到的孪生树中的一棵,而左边则是我坐着的另一棵树。它必须前进或者后退才能逃脱夹缝,可是在那之前,我已经用套索套住了它的脑袋。绳子刚一碰到野牛,它就触电般猛地后退,想要从套索中挣脱出来。说时迟那时快,冈得迅速地绕到了另一棵树后,幸亏他反应敏捷,不然就被野牛尖利的蹄子给踩死了。我被吓坏了,惊魂未定之时,我又发现我的套索只套住了一只牛角。我颤抖着,朝冈得尖声大喊:"当心啊,只套住了一只角,绳索随时都有可能滑落,快跑,上树!"

可冈得是何其勇猛的猎手啊,他对我的尖叫置之不理,反而站到了敌人面前,距离野牛一步之遥。只见野牛低下头,朝着冈得冲了过去。我惊恐万分地闭上了双眼。

再次睁开眼睛时,我看见野牛正在拼命挣脱牛角上缠着的绳索,因为被缠住,它无法撞到身后的大树,而冈得就躲在那棵树后面。野牛发出鬼怪般的吼叫,丛林里顿时陷入慌乱,动物们被久久回荡的叫声吓得四处逃窜。

趁着野牛无法得逞，冈得掏出了锋利的匕首，这匕首大约有四十五厘米长、五厘米宽。他偷偷地溜到右边的树后面，转眼就不见了。野牛再次朝着冈得原先站立的地方冲去，幸运的是，套索仍旧紧紧绑在它的牛角上。

冈得决定改变战术，他朝相反的方向跑去，沿着"之"字形的路线在树与树之间窜来窜去。他这么做是为了找到一个下风向的位置，避免身上的气味被野牛发现。尽管野牛短时间内被迷惑住了，可它还是调转方向，对冈得穷追不舍。这回，它又看到了冈得放在两棵树中间的衣服。野牛开始发狂了，它嗅了嗅地上的衣服，然后用角又戳又挑。

此时，冈得已经绕到了下风向处。虽然看不见他，不过我想，即便树丛挡住了他的视线，冈得也一定能根据野牛的气味判断出它的方位。野牛再次将冈得的衣服挑起，大声咆哮起来，整片树林再次陷入慌乱之中。一群猴子不知道从哪里钻了出来，在树枝上跳来荡去。松鼠尖叫着从树上跳到地面上，然后又从地上蹿了回去。成群的鸟儿四处乱窜，有松鸡、苍鹭和鹦鹉，它们和乌鸦、猫头鹰齐声尖叫。突然野牛再次发起猛烈的进攻，但冈得十分镇定地站在野牛对面，我此生再没见过比他更镇定的人了。野牛的后腿颤动着，箭一般朝着冈得扫过去。啊！野牛站起来了，一定是被套索拉住的缘故，因为套索的另一端是紧紧地绑在大树上的。野牛前腿离地站立了几分钟后，重重地摔在了地上。那一刹那，它的牛角被撞断飞到了空中，那情形，仿佛一个小孩掰断了一根小树枝一样。由于巨大的惯性，野牛斜着身子摔倒在地，摔了个四脚朝天，四只脚在空中慌乱地踢着。冈得闪电般朝野牛跳去。一看到冈得，野牛赶紧翻过身来，屁股着地坐在地上，鼻子呼呼地喘着气。它差点就站起来了，可是冈得用匕首朝野牛的肩部一戳。这是致命的一刀，冈得用尽全身力量，继续狠狠地将匕首往里推。野牛发出火山爆发般的吼叫声，整个丛林都震颤了。鲜血像喷泉一样从它身上迸射出来，我无法忍受这样残忍的场面，于是再次闭上了自己的眼睛。

几分钟后，我从栖身的树枝上滑下来，见野牛已经倒在血泊中，因为失血过度而亡。冈得坐在它身边，正在擦去身上的血迹。我知道他此时一定需要独自待一会儿。于是我又回到原来的树上，召唤彩虹鸽。可是彩虹鸽没有回答我，我一直爬到树顶去找，但彩虹鸽也不在那里。

等我下来的时候，冈得已经将自己擦干净了，他指了指天空。大自然的清道夫们来了，低飞的是鸢，高飞的是秃鹫，它们已经闻到死亡的气息，它们的任务就是将丛林

清扫干净。

冈得说:"我们一定能在庙里找到彩虹鸽,它一定是和其他的鸟儿一起飞走了。让我们离开这里吧。"回家之前,我上前量了量死去的野牛的尺寸,这时苍蝇已经从四面八方嗡嗡地飞来落在尸体上。野牛体长三点二米,它的前腿超过一米长。

回寺庙的路上,我们的步履艰难而沉重,一路默默无语。这样的状态一直到中午才被打破。中午我们来到了被野牛袭击过的村庄,告诉村长野牛已经死了。听到这个消息,村长如释重负。就在头一晚,他年迈的母亲刚被野牛杀死,当时还不到黄昏,她正打算去村子的神庙中祈祷。

因为饥饿难耐,我们不由加快了脚步,很快就回到了喇嘛庙。我立刻开始搜寻彩虹鸽的下落,可它不在庙里,这可不妙!但住持却告诉我说:"彩虹鸽是安全的,和你一样。"停顿了片刻,他问道:"冈得,是什么扰乱了你的心神?"

老猎手静静地想了一会儿,回答道:"没什么,大师,请您一定记住,我本意不想杀生,我也想活捉那头野牛,可是天哪,我不得不杀了它。当它的角折断以后,在我和它之间没有任何遮蔽物,我只有给它致命的一刀。我很抱歉没能将它活捉，我本打算把它卖给动物园呢。"

"噢，你这个老财迷！"我叫了起来，"野牛死了，我一点都不觉得遗憾，死了都比被关在动物园中度过余生要好得多。死个痛快比生不如死要好！"

"要是你能同时套住它的两只角的话，野牛就能活捉回来！"冈得反驳我说。

住持冷不丁地冒一句："别再谈论死去的生灵，不如多关注下活着的彩虹鸽吧。"

冈得说："就是，我们明天就去找彩虹鸽。"

可是住持却说："不用，明天就回丹特姆去吧。孩子，你的家人非常担心你，我能感应到他们的心情。"

第二天我们就离开寺庙前往丹特姆，同行的是两匹矮种马。我们一路疾行，每天到驿站换两次马，三天后就来到了丹特姆。路上碰到我家的一个家仆，他告诉我彩虹鸽三天前就飞回家了。可是因为我们没有一起回来，我的父母担心起来，已经派出几队人马沿途搜寻，以确认我们到底是死是活。

我们一路奔跑着回家，十分钟以后，我就会扑进妈妈温暖的臂弯，而彩虹鸽也会飞到我的头上，拍打着翅膀以保持平衡。

165

我已无法用言语描述我的喜悦之情,我的彩虹鸽又能飞了!它从寺庙一直飞回了丹特姆,中途从没放弃也没有失败!"噢,你是飞翔的精灵,你是鸽中之王。"我在心中赞美着彩虹鸽,和冈得一路快步回到了家中。

新加里拉的朝圣之行到此就结束了。这次旅行彻底治愈了战争给彩虹鸽和冈得带来的恐惧症,我们不虚此行,将这两条生命从致命的创伤中解脱了出来。

故事该收尾了,我就不絮絮叨叨地长篇大论了,我只想说:

"我们的所思所感会影响我们的言行,如果一个人心存恐惧,即便他处在无意识状态下,在梦中心存一丝怨恨,那么或早或晚这两种情绪都会转化成实际行动。因此,我的朋友们,希望你们带着勇气生活,带着勇气呼吸,并且给予别人勇气。随时想到的是爱,随时感觉到爱,那么你的身心自然会流露出平静和力量,正如花朵会自然吐露芬芳一般。

"愿万物众生都拥有一颗平静的心!"

图书在版编目（CIP）数据

彩虹鸽／（美）穆克奇著；李广宇绘；十画译.—昆明：晨光出版社，2013.1（2025.10重印）
ISBN 978-7-5414-5419-6

Ⅰ.①彩… Ⅱ.①穆… ②李… ③十… Ⅲ.①儿童文学－长篇小说－美国－现代 Ⅳ.①I712.84

中国版本图书馆CIP数据核字（2012）第320624号

彩虹鸽 CAI HONG GE

出 版 人	杨旭恒
作 者	〔美〕达恩·葛帕·穆克奇
翻 译	十 画
绘 画	李广宇
项目策划	禹田文化
责任编辑	李彦池
项目编辑	付凤云
美术编辑	刘 璐
封面设计	萝 卜
版式设计	孙美玲
出 版	晨光出版社
地 址	昆明市环城西路609号新闻出版大楼
邮 编	650034
发行电话	（010）88356856 88356858
印 刷	北京润田金辉印刷有限公司
经 销	各地新华书店
版 次	2013年3月第1版
印 次	2025年10月第27次印刷
开 本	145mm×210mm 32开
印 张	5.5
ISBN	978-7-5414-5419-6
字 数	88千
定 价	16.00元

退换声明：若有印刷质量问题，请及时和销售部门（010-88356856）联系退换。